金陵诗词游展之旅

邢定康 季宁 著

——南京旅游文化故事丛书

东南大学出版社
SOUTHEAST UNIVERSITY PRESS

·南京·

图书在版编目（CIP）数据

金陵诗词游屐之旅/邢定康，季宁著．－－南京：东南大学出版社，2019.10
（南京旅游文化故事丛书）
ISBN 978-7-5641-8566-4

Ⅰ.①金… Ⅱ.①邢… ②季… Ⅲ.①诗词-作品集-中国-当代 Ⅳ.①I227

中国版本图书馆CIP数据核字（2019）第224828号

金陵诗词游屐之旅

Jinling shici youji zhilü

著　　者	邢定康　季宁
出版发行	东南大学出版社
社　　址	南京市四牌楼2号　邮编　210096
出 版 人	江建中
网　　址	http://www.seupress.com
经　　销	全国各地新华书店
印　　刷	徐州绪权印刷有限公司
版　　次	2019年10月第1版
印　　次	2019年10月第1次印刷
开　　本	889mm×1194mm　　1/48
印　　张	4.25
字　　数	245千字
书　　号	ISBN 978-7-5641-8566-4
定　　价	32.00元

本社图书若有印装质量问题，请直接与营销部联系。电话（传真）：025-83791830

代序 南京呀南京 往事知多少……

南京，乃六朝古都、十朝都会，是山水绿叶之城，而今又以"博爱之都"名扬天下。

博大精深的南京文化，是与它的深远历史相伴形成的，给我们这座城市留下了丰盛的遗产，包括遗迹、文物、诗歌、成语、神话故事等，亦成为人类社会的共同财富。

南京居民衍生的历史，可追溯至五十多万年前穴居汤山岩洞的南京直立人。递至五六千年前，早有阴阳营、湖熟、薛城之先民，居于滨水之台地，除从事渔猎外，亦开始了农耕。在这一漫漫历史长河中，南京故事总会与古籍《淮南子》中的神话传说相系，充满了浪漫色彩。

春秋战国时期，范蠡筑越城，楚威王设金陵邑，开启了南京建立城邑之始。自此，金陵成为南京的代言，"埋金""王气"之说亦源于此。

金陵，钟山龙蟠，石城虎踞，此乃帝王之宅也。

公元229年9月，东吴大帝孙权将都城从武昌迁至建业（今南京），这是南京首次成为首都。此后，东晋和南朝的宋、齐、梁、陈分别在南京建都，南京六朝古都称谓由此而来。

六朝，是南京历史上的黄金时代。这一时代，大批贵族、文士、能工巧匠避难南渡，聚会南京，演绎了"东山再起""闻鸡起舞""手不释卷""才高八斗""入木三分""画龙点睛""六朝金粉"等等连台大戏。正如南朝谢朓《入朝曲》所颂："江南佳丽地，金陵帝王州"。六朝的南京，成为中国第一大城市，亦是中国灿烂的文化中心。

六朝以后，隋、唐、宋、元更替，南京的城市地位急剧下滑，其间也有过南唐时期的昙花一现，但毕竟"六代豪华"不复。尽管如此，南京的文化遗产足以傲视群城，引众多文人雅士前来游弋怀古。"六代精灵人不见，思量应在月明中""旧时王谢堂前燕，飞入寻常百姓家""南朝四百八十寺，多少楼台烟雨中""无情最是台城柳,依旧烟笼十里堤""春花秋月何时了,往事知多少"……

公元1368年,朱元璋在南京称帝,建立了大明王朝。自此,有了"南京"的称谓,这也开启了全国统一王朝在南京建都的先河。据史载,朱元璋是在1356年率领红巾军占领南京城的,采纳了儒生朱升的"高筑墙、广积粮、缓称王"的建议,待到条件成熟后方登上皇帝宝座。明朝南京,不仅筑起迄今为止保存最为完好、世界上最大的城垣,还建设了被称为"天下第一塔"的中国地标——大报恩寺琉璃塔,又有郑和七下西洋之壮举。世界上最早最大的百科全书《永乐大典》(计两万多卷),也是在那一时期编撰的。明朝为南京书写了气吞山河的历史。

公元1912年元旦,孙中山在南京就职临时大总统,带领全中国人民走向共和,奏响了中国现代史的序曲。此前的清王朝,南京虽然政治地位又失,但经济、文化力量难撼。《红楼梦》《儒林外史》《桃花扇》等名著就是那一时期的产物。即使到了奄奄一息的清末,南京仍举办了具有国际博览会性质的南洋劝业会。

南京呀南京，往事知多少……

时至今日，老百姓日子过好了，对生活有了新的追求，讲究起质量和幸福感，其中的一个指标是，大众旅游由新常态转为常态。不仅如此，以往人们成群结队出游就很满足了，而现在不光是"走马观花"，还要"下马赏花"，以了解当地的风土人情、体验当地的历史文化。我们，作为热爱南京的旅游人，多么希望游客在做旅行攻略时，能更多地读到"南京往事"；多么希望游客来这里游览时，口袋里能揣上"南京故事"。这就是我们编写这套《南京旅游文化故事》（口袋书）丛书的初衷和目的。

这套丛书是由南京市旅游委员会和南京旅游学会共同出品的。我们以为，目前有关南京的史料书籍虽为数不少，但与旅游切合的，特别是便于随身携带的并不多见。我们又以为，要用通俗的、有趣的表达方式来讲述南京的历史，而且要落实到景区景点，让游客在身临其境中品味南京历史文化。这样的书籍是读者或游客所需求的，虽编写起来比较难，但我们乐于去尝试。

这套丛书初定为4册，即《南京神话传说之旅》《金陵成语溯源之旅》《南京名人雕塑之旅》《金陵诗词游屐之旅》。虽说是口袋书，但我们不想急于求成，而要发扬工匠精神，精工细作，成熟一册出品一册，给读者或游客交出一份份"良心"答卷。谨请大家予以关注，并多提宝贵意见。

《南京旅游文化故事》
丛书编委会
2017.10.31

丛书推荐

莫愁女孩、石头小子 两位形象导游
带你游"南京旅游文化故事"大观园

莫愁女孩

我叫莫愁女孩。我的祖先生活在莫愁湖畔,向往"莫愁",又"哪能不愁"。与祖辈比,我甜蜜、阳光、时尚,名副其实的"莫愁",是个快乐小女生。我很乐意导游"南京旅游文化故事"大观园,将"快乐"与大家分享。

石头小子

我叫石头小子,与莫愁女孩"两小无猜"。石头是南京城市的代称,古人诸葛亮评南京"钟山龙蟠,石城虎踞";曹雪芹所著《红楼梦》又叫《石头记》。石头,有情、有义,是纯爷们。让我们一同走进"南京旅游文化故事"大观园。

目录 CONTENT

代序
丛书推荐

壹 / 城之歌

小引 / 002
金陵帝王州之曲 / 003
春归秣陵树
人老建康城 / 009
二分无赖是扬州 / 015
送许拾遗归江宁 / 021
白下西风落叶侵 / 027
同居长干里
两小无嫌猜 / 033
多少楼台烟雨中 / 039
瞻园风帘入图画 / 045
登赏心亭忧时意 / 051
牧童遥指杏花村 / 057

贰 / 山之颂

小引 / 064
钟山龙盘走势来 / 065

三百年来几覆舟 / 073
石头巉岩如虎踞 / 081
雨花台下百花香 / 087
栖霞山中子规鸟 / 093
青龙山前石一方 / 099
牛首诸山肯尔高 / 107
邻里相送至方山 / 113
无想山屏四面开 / 119
苍苔屐齿游子山 / 125

叁 水之吟

小引 / 132

一江春水向东流 / 133
夜泊秦淮近酒家 / 141
花天水国玄武湖 / 149
渺渺烟波莫愁湖 / 155
"丹阳""石臼"两湖游 / 161
汤山温泉堕凤钗 / 166
汤泉温井监新磨 / 172
珍珠泉头坐不还 / 178

后记 / 186

壹·城之歌

CHENGZHIGE

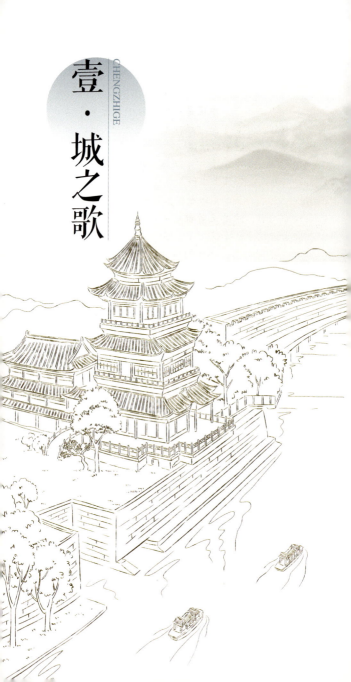

小引

石头小子：中国是诗国，我们在牙牙学语的时候就学会了念"鹅鹅鹅，曲项向天歌。白毛浮绿水，红掌拨清波"。

莫愁女孩：南京是诗市，我们打小就"郎骑竹马来，绕床弄青梅"。

石头小子：诗市南京，从古至今有70多个城市名称，这些名称都有来历，都有故事，都在古诗词中被吟诵。

莫愁女孩：让我们从"城之歌"开始，追寻诗人们的足迹，走进"诗词游展之旅"。

金陵帝王州之曲

"江南佳丽地,金陵帝王州。"这两句千古传唱的绝句,出自南朝齐诗人谢朓的《入朝曲》。

《入朝曲》,是谢朓应荆州刺史萧子隆之请而作的10首《鼓吹曲》之一,属乐府诗之鼓吹曲辞。此类曲辞,多为歌功颂德之作,用于宫殿宴乐或军中歌乐,很少会有佳作留世,而这首《入朝曲》鹤立鸡群,被后朝昭明太子萧统选入《文选》。

璀璨金陵 姚学勇摄影

入朝曲

江南佳丽地,金陵帝王州。

逶迤带绿水,迢递起朱楼。

飞甍夹驰道,垂杨荫御沟。

凝笳翼高盖,叠鼓送华辀。

献纳云台表,功名良可收。

谢朓的笔下记录了四朝（东吴、东晋和南朝的宋、齐）"帝王州"的景象，为今日南京城留下一张金灿灿的历史名片。有意思的是，诗中描绘的市政布局，例如"飞甍"（宫殿建筑）前的"驰道""御沟"（宫内河道）两侧的"垂杨"，与现代城市建设没什么不一样；而在笳声、鼓声徐徐引导下，车船行进，又恰如而今节庆活动的巡游。

为一般人所忽略的是：南京在东吴时期叫"建业"，在东晋和南朝的宋、齐时名"建康"。那么，谢朓身在建康城，何以在诗中点的是"金陵帝王州"呢？南京名"金陵"时并非是都城呀。

"金陵"名号，缘于公元前333年，楚威王灭越后在今清凉山修筑城邑，名之金陵邑。此虽不是都城，但成了南京这座城市的第一个行政建置。楚威王为何命此名呢？据唐代《建

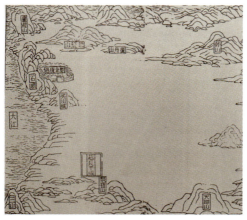

古金陵邑图　清版画

康实录》载,"因山立号,置金陵邑"。清凉山为南京群山之首钟山的余脉。钟山,古有金陵山之称也。

然民间说法中并非"因山立号",而是与"王气"有关。相传楚威王看出此疆土暗藏王气,于是筑城时深埋黄金,以金克土。此"埋金"说流传甚广,以至于后世有说法为"周显王三十六年,楚子熊商败越,尽取故吴地,因埋金以镇之,号曰金陵"。又有传说:秦始皇第五次东巡至金陵栖霞山时,有方士相告"金陵五百年后有天子气",于是旨命"凿方山,断长陇为渎入于江,以泄王气"。有意思的是,王气并不曾被秦始皇完全泄去,还没到500年,南京就成了三国东吴的"帝王州"。看来谢朓选用"金陵",看中的便是它的"王气"。

"金陵"名号仅用了122年,便被秦始

> 谢朓(464—499),字玄晖,陈郡阳夏(今河南太康)人,是"山水诗派"鼻祖谢灵运的族侄,有"小谢"之称,曾任宣城太守,又称谢宣城。他曾深得竟陵王萧子良赏识,为"竟陵八友"之一,是"永明体"的代表作家。他的诗作清新秀逸,较少繁芜词句及玄言成分,具有独特的艺术风格,在中国诗史上地位杰出。永元元年(499年),他因被诬陷谋反,下狱致死。明人辑有《谢宣城集》。

废除了。自此以后，南京城市名称虽一改再改，但极少再复用"金陵"，即便偶尔复用，当时城市的级别低，使用的时间也短。例如，唐代曾设金陵县，为时仅1年；五代时有过金陵府，也只用了30来年。尽管如此，"金陵"这块招牌仍然成为了城市的代言。洪武元年（1368年），朱元璋在应天府称帝，颁布《立南京北京诏》：奉天承运，皇帝诏曰"以金陵、大梁为南、北京"。请注意，诏书提到的就是南京最早的名号"金陵"。虽说金陵已经是过去时，但在明太祖眼里，仍认定南京就是金陵。这里还要插个小花絮：袁世凯竟也很看重"金陵"，于民国二年（1913

石头城　民国郭锡麒摄影作品

年)在此设金陵道,下辖江宁、句容、溧水、高淳、江浦、六合等11县。这个金陵道直至国民政府定都南京方被废除。

自谢朓唱出"金陵帝王州"后,历代诗家词人吟到南京,多以"金陵"为题。唐代诗人李白最为典型,作诗有《登金陵凤凰台》《金陵城西楼月下吟》《金陵歌送别范宣》《金陵酒肆留别》等;刘禹锡亦有《金陵五题》。宋元时期的代表作有王安石的《桂枝香·金陵怀古》、张耒的《怀金陵》、范成大的《望金陵行阙》、曾极的《金陵百咏》、苏洞的《金陵杂兴》、张可久的《(双调)水仙子·次韵金陵怀古》、萨都剌的《满江红·金陵怀古》、傅若金的《金陵晚眺》等。明清时期的代表作则有高启的《登金陵雨花台望大江》、彭泽的《金陵雨后登楼》、徐渭的《观金陵妓人走解》、侯方域的《金陵题画扇》、龚鼎孳的《上巳将过金陵》、纳兰性德的《金陵》、王友亮的《金陵杂咏》等。而今,咏叹金陵的古诗词已成为乡愁南京的不可或缺的元素。

我们从以上诗词中挑选了纳兰性德的《金陵》共赏之。清代词人纳兰性德,原名成德,避太子保成讳改名性德,字容若,号楞伽山人,叶赫那拉氏,满洲正黄旗人。他是康熙进士,官至一等侍卫,多次随康熙皇帝南巡,对"江南佳丽地,金陵帝王州"有深层次的感悟。他以"金陵"为题,怀想着作为"建业""建康"都城的"六朝几兴废"。他对同为词人的南唐后主李煜,更有一种"剪不断、理还乱"的情绪。他在诗的最后两句中,联想到了李煜的"故国不堪回首月明中",以为倘若钟隐(李煜的号)还在,又该如何"回首"呢?

> 金陵
>
> 胜绝江南望,依然图画中。
> 六朝几兴废,灭没但归鸿。
> 王气倏云尽,霸业谁复雄。
> 尚疑钟隐在,回首月明空。

春归秣陵树
人老建康城

宋代女词人李清照有首著名的词作《临江仙》,在词中接连点出了南京的两个老名号,一为"秣陵",一为"建康",这是何由呢?

临江仙

庭院深深深几许?云窗雾阁常扃。柳梢梅萼渐分明。春归秣陵树,人老建康城。

感风吟月多少事,如今老去无成。谁怜憔悴更雕零。试灯无意思,踏雪没心情。

李清照是于建炎二年(1128年)南渡来到江宁(今南京),与时任江宁知府的丈夫赵明诚相聚的,次年便写了这首词。那个时期强虏猖獗,国事衰危,社会得不到安定。她写这首词时应是在元宵节之前。尽管"柳梢梅萼"已透露出

李清照 清人绘

春的信息，但她无心外出"踏雪""试灯"（元宵节前预赏灯彩），将自己"常扃（关闭）"在"庭院深深"的户内，孤寂与忧愤之情无以复加，"词"由心出，疾笔而喷发。

古代诗人写南京，多以"金陵"称呼之，而李清照偏偏选择了颇具贬义的"秣陵"。"秣陵"，缘于公元前210年，秦始皇废楚金陵邑，改置秣陵县。金，贵为五行之首；秣，则为喂马的草料。秦始皇这么一改，或许也是放心不下金陵有"王气"呀。不过，近日南京大学教授胡阿祥提出了不同的看法，他在《嬴秦国号考说——兼说秦置秣陵无贬义》一文中指出：秦人祖先以养马得以立国，而"秦"为养马的草谷，所以定国号"秦"；秦人置秣陵，看中的是其地乃东南形胜，并无贬义。当然，这仅是他的一家之说。说到底，"金陵"之名还是因"王气"而得，又因"王气"而失矣。自此，南京就与"王气"紧密地联系在了一起。

212年，孙权将秣陵改名为建业。229年，孙权在武昌（今湖北鄂州）称帝，国号吴，并在这一年夏将都城迁到建业，开创了南京建都的历史。此后，曾有过一次折腾：末代暴君孙皓一度将都城迁回了武昌，搞得劳民伤财、民不聊生，迫使他又不得不还都建业，其间，在民间流传了一则童谣，表达了百姓对孙皓暴政的强烈不满。左丞相陆凯在武昌劝说孙皓时曾引用过这则童谣,后世则将其以《吴孙皓初童谣》之名载入史册。

孙权据江东 明版画

吴孙皓初童谣

宁饮建业水,不食武昌鱼。

宁还建业死,不止武昌居。

280年,西晋灭吴,南北统一。建业由都城沦为了地方性城市,先后改称为秣陵县、江宁县、建邺县等。应注意,南京之名由东吴的"建业"演变成了西晋的"建邺",同音不同字,这是历史上惯用的加偏旁贬低法,以表明建邺已不再是都城了,古人的用字还真是讲究。

《临江仙》中除了点名"秣陵"外,又点了南京的另一个名号"建康"。"建康",缘于313年为避晋愍帝司马邺讳,改建邺县为建康县,此为"建康"名之始。317年,琅邪王司马睿在建康城重建晋朝,史称东晋。南京再一次成了都城。此后的南朝宋、齐、梁、陈均以建康为都城。在这一时期,建康城得以快速成长,范围拓展为:西至石头城,东至倪塘(今江宁),南至石子冈,北过钟山,南北各40里。可以这么说,建康城已成为当时全世界罕见的大都市,在历史上写下了不朽的篇章。

让人有些疑惑的是,李清照在词中何以将遭贬的"秣陵"与辉煌的"建康"并题呢?这是因为她虽来到南京,与丈夫赵明诚团圆了,但面对社会的动乱,心情十分压抑,故以"春归秣陵树"宣示自己的到来,"秣陵"在这里用得极为贴切。那么,"人老建康城"呢?《临江仙》是李清照南渡后第一首有准确纪年的词作。她写作这首词时还只有46岁,便自觉"人老","云窗雾阁常扃","踏雪没心情"。在如此状态下,她何以选用了"建康"?是追

李清照词意图 明版画

怀昔日繁华的建康不在？还是出于其他什么原因？也或许她写的就是眼下的"建康"。因在她南渡的那一年，南京尚为江宁府，而写作时正赶上改江宁府为建康府。两个"建康"，两重天呀。这就是古往今来的历史。

不过笔者倒以为"人老建康城"对南京来说是一个金句，可作为今日南京的名片。现在，全国的城市人口趋于老龄化。老年人最宜居在哪里呢？"人老建康城"呀！

李清照（1084-约1151），自号易安居士，齐州章丘（今山东章丘西北）人，南宋著名词人，婉约词派宗主。她的词作语言清丽，音律典雅，尤善白描，且反对以诗为词。她还善诗、文，通书法、绘画，有"千古第一才女"之称，是中国文学史上最负盛名的女作家。

李清照 清人绘

李清照生活在两宋之交苍凉沉郁的时代，不幸又"有幸"。她的丈夫赵明诚任江宁知府没两年便奉命移赴湖州，在途中尚未到任，又受诏再回建康府，路上染疾，在建康城病逝，年仅49岁。李清照悲痛欲绝，为丈夫撰写祭文，又握笔写了千古佳作《声声慢》。倘若她没有这般撕心裂肺的经历，恐怕也就不会有《声声慢》了吧？

声声慢

寻寻觅觅，冷冷清清，凄凄惨惨戚戚。乍暖还寒时候，最难将息。三杯两盏淡酒，怎敌他晚来风急。雁过也，正伤心，却是旧时相识。

满地黄花堆积。憔悴损，如今有谁堪摘？守著窗儿，独自怎生得黑。梧桐更兼细雨，到黄昏，点点滴滴。这次第，怎一个愁字了得。

二分无赖是扬州

唐代诗人徐凝的诗作《忆扬州》,名扬四海。初看这首诗以为诗人是在忆今日扬州,实际上他忆的是古代南京。

忆扬州

萧娘脸薄难胜泪,桃叶眉长易觉愁。

天下三分明月夜,二分无赖是扬州。

为何说《忆扬州》,忆的是"南京"呢?这得从"扬州"的由来说起。

相传上古时期,尧舜禹分天下为九州。"扬州"是其一。《尔雅·释地》记:"江南曰杨州。"《周礼·职方氏》记:"东南曰扬州。"可知,那时候的扬州范围甚大,涵括了淮河、东海以及江南的广阔区域。

汉代设十三州刺史,领天下诸郡。扬州为

帝喾九州图 宋版画(局部)

其一，治所初在历阳（今安徽和县），后在寿春（今安徽寿县），继而又迁至曲阿（今江苏丹阳）。三国时期，扬州一分为二：北部属曹魏，治所在寿春；南部属东吴，治所在建业（南京）。西晋时，将寿春的扬州治所并入建邺（此时建业已改称建邺）。东晋和南朝的扬州治所，也均在建康（南京）。南朝乐府民歌有一首存世的《懊侬歌》，唱的就是从江陵（今湖北荆州）行船到扬州（今南京）的途中，船客与船主的问答"逗趣"。

懊侬歌

江陵去扬州，三千三百里。

已行一千三，所有二千在。

民歌是我国文学史上最早出现的诗歌样式。南朝的朝廷设乐府机构，搜集民歌，融入乐府演唱娱乐。那时候的扬州治所，就在南京。而现在的扬州，隋朝前属于吴州，曾名广陵、江都等，一直到隋开皇九年（589年）方将吴州改为扬州，设州治于江都，而扬州大都督府和治所仍在南京，直至唐武德九年（626年），方将其从南京移至江都，自此，"扬州"才有了专属之地。

由此可见，南京曾拥有400多年的"扬州"历史。这段历史说长不长，说短也不短，只不过自从有了专属的扬州后，新旧扬州混淆在了一起，以至于旧"扬州"逐渐淡出了大家的记忆。倒是唐代诗人徐凝不曾忘怀，写下了一首千古绝唱《忆扬州》。

大凡古代诗人吟咏到南京这座城市，大多以"金陵"的名号代之，典型的如谢朓《入朝曲》中的"江南佳丽地，金陵帝王州"。而徐凝的这首诗，咏的不止是这座城市，还有这座城市中的两位"美人"。如此说来，他的诗不选"帝王州"的"金陵"，而是用了"佳丽地"的"扬州"，也是可以理解的了。

《忆扬州》，忆的是南京的哪两位"美人"呢？一位是东晋时期的"桃叶"，一位是南朝梁的"萧娘"，均生活在扬州治所的所在地建康城。诗人以"脸薄难胜泪""眉长易觉愁"追忆了"萧娘""桃叶"与亲人离别时的愁容和心境。

"萧娘"，别误以为是一个美女，其实打实是一位俊男，乃南朝梁临川靖惠王萧宏，是梁武帝萧衍的六弟，只因长得过于貌美且柔懦，被北魏戏称为"萧娘"。据《南史·梁临川靖惠王萧宏传》记载："宏闻魏援近，畏懦不敢近，召诸将欲议旋师。""魏人知其不武，遗以巾帼。"甚至北军歌曰："不畏萧娘。""萧娘"的称谓，后来成为专有名词被流传下来，又经多次辗转，还真的变了性，现泛指美貌多情的女子。然而，历史上的"萧娘"实指萧宏，

桃叶与王献之 清版画

有史书为证。现今在仙林新城应天学院的北侧仍残存着临川靖惠王萧宏墓的石刻，系全国重点文物保护单位。

至于"桃叶"，就比较有知名度了，她是大书法家王献之的爱妾。王献之曾在秦淮河与青溪合流的渡口迎接桃叶，歌《桃叶辞》（又名《桃叶歌》），传为佳话，那个渡口因此名桃叶渡。想来，桃叶与王献之短暂离别时，定然亦"眉长易觉愁"吧。

《忆扬州》之所以千古流芳，还在于三、四两句"天下三分明月夜，二分无赖是扬州"。诗人用了"三分""二分"这样的数字来写月亮，虽不合常理，但效果出奇之好，给人以梦幻般的向往。诗人又以"无赖"二字，抱怨月光过于明亮，倍添了思念之烦恼。有趣的是，后人在阅读这首诗时，已抛去诗人的原意，将其作为地方的美景来欣赏。如此一来，最大的受益者当是今日扬州城，以至于"二分明月"成了它的广告词。而在南京人看来，"多大事呀"！《忆扬州》虽然忆的是南京，但也乐于与他人分享。何况昔日的广陵或江都，不亦是古扬州之一隅吗？这就是南京人，憨厚、大气，具有"博爱"的胸怀。

历代咏南京明月的诗词繁多，例如，"皎皎明秋月"(南朝宋·谢灵运《邻里相送至方山》)、"月下沉吟久不归"(唐·李白《金陵城西楼月下吟》)、"苦竹寒声动秋月"(唐·李白《劳劳亭歌》)、"晚凉天净月华开"(南唐·李煜《浪淘沙》)、"石头明月雁声中"(北宋·刘翰《石头城》)、"带月出寒浦"(北宋·梅尧臣《早渡长芦江》)、"仍值月相寻"(北宋·王安石《定林》)、"一轮秋影转金波"(南宋·辛弃疾《太常引·建康中秋夜为吕叔潜赋》)、"廊回斜落月"(明·范景文《朝天宫即冶城山》)、"海东飞上白玉盘"(清·王友亮《落星冈怀李白》)、"年年花月总相宜"(清·承培元《卖花声·莫愁湖》)等等,不胜枚举。南京的月亮,被历代诗人描绘得如此多姿多彩,不正是"二分无赖是扬州"的最好注释吗?

送许拾遗归江宁

"江宁"作为南京的城市名称,始于西晋太康二年(281年),时将临江县改称江宁县,意为"江外无事,宁静于此"。那时,江宁在长江以南,属江外蛮荒之地,与同为蛮荒的西宁、南宁、宁夏等地一样,都有一个"宁"字,是朝廷指望这些地方不会滋事,能够"安宁"。南京简称"宁",就是因"江宁"而来。

自"江宁"问世后,曾在多个朝代被多次使用,是使用率最高、使用时间最长的南京城市名号。唐代就曾两度使用"江宁":一为贞观九年(635年)改白下县为江宁县;一为至德二年(757年)废县置江宁郡,次年复置江宁县。就是在那一时期,杜甫的同事、好友许八(在家中排行第八)拾遗(官职)"诏许"(受天子恩准)回江宁"觐省"(看望父母)。杜甫在京城为许拾遗送行,写下了一首与南京紧密

清代繁华的江宁城 清人绘

关联的经典诗作。

> 送许八拾遗归江宁觐省。甫昔时尝客游此县,于许生处乞瓦官寺维摩图样志诸篇末
>
> 诏许辞中禁,慈颜赴北堂。
> 圣朝新孝理,祖席倍辉光。
> 内帛擎偏重,宫衣著更香。
> 淮阴清夜驿,京口渡江航。
> 春隔鸡人昼,秋期燕子凉。
> 赐书夸父老,寿酒乐城隍。
> 看画曾饥渴,追踪恨淼茫。
> 虎头金粟影,神妙独难忘。

这首诗的题目相当之长,既点明了事由,又表明自己早年游过江宁,看到了东晋大画家顾恺之为瓦官寺作画的样稿,期许好友这次能找到样稿的下落。

全诗的开首,就以一连串的敬语及细节描绘了"诏许""觐省"的社会及家庭生活场景,他甚至想象出友人在淮阴驿站过夜、在京口(镇江)航渡、到家趋庭问安、拜会乡亲及祭神祈福的情景。这是一幅多么生动的风俗画卷呀。诗中又以"春隔鸡人昼",点出在京城天刚亮就有鸡人(官名)呼早朝,得刻不容缓地去上朝了;而回到家中则能从容地陪侍父母,一直可以待到"秋期燕子凉"。此时此刻,他对许八拾遗的羡慕之情溢于言表。

全诗最难能可贵的还是在"志诸篇末"部分,

讲到了顾恺之的画稿。这其中有一个有趣的故事：东晋时，建康（南京）瓦官寺落成，邀请社会名流行善施舍。捐者络绎，皆不过十万。顾恺之闻之，一口气认捐百万。寺僧劝其量力而行，他则表示决无戏言，并要求给他留下寺内的一堵粉墙。接下来他"遂闭户往来一月余日"，终在粉墙上绘出《维摩诘示疾》。令人不解的是，画像虽完成，但画中人物的眼眸尚留白。顾恺之请寺庙张榜：凡首日观画像者请捐十万，次日捐五万，第三日则随意布施。但

仿《维摩诘示疾》壁画（局部白描图）

见首日,他当众为画像中的人物点睛,顿时整幅画像神采飞扬,满寺生辉。为此,捐资者众,很快就突破了百万。顾恺之,字长康,小字虎头,时人昵称"顾虎头"。顾虎头是在金粟庵创作绘画样稿的,留下"虎头金粟影"。400多年后,杜甫在游江宁时见到了顾虎头的画稿,"看画如饥渴""神妙独难忘",乃至多年后,在送别许拾遗时仍念念不忘这幅画稿。他通过诗词,表达对古人绘画艺术的评判和珍爱,体现了他独特的美学内涵,亦成为中国绘画史上名作鉴

康熙帝在江宁大教场阅兵 清人绘

赏的重要文献。而今，瓦官寺及金粟庵均已恢复，游人可以前往进香。只不过，顾恺之在瓦官寺的壁画以及在金粟庵的画稿，不知在哪个朝代就消失殆尽，"追踪恨森茫"了。

自清顺治二年（1645年）改应天府（南京）为江宁府以来，"江宁"就成了南京城名的"专利"，仅是在太平天国期间中断过（南京在太平天国时称天京或天城），之后又复名，一直延续到清朝终结。著名诗人袁枚曾出任江宁知县。康熙六年（1667年），拆江南省为江苏、

杜甫 清殿藏本

杜甫（712-770），字子美，晚年自号少陵野老，河南巩县（今巩义）人，是中国古代伟大的现实主义诗人，被后世尊为"诗圣"。他曾举进士不第，安史之乱时陷长安，后逃至凤翔，被任左拾遗，旋被贬为华州司功参军。他后来移居成都，入剑南节度使严武幕，被荐为检校工部员外郎，故世称杜工部。他青年时曾浪迹吴越，游览金陵，到了晚年漂泊湖湘，病死舟上。

安徽两省。江苏省的省名就是取"江宁府"和"苏州府"的首字合并而来。中国历史上首个丧权辱国的中英《南京条约》，最初并非此称，仅在清朝官方文献中取名《江宁条约》，因在道光二十二年（1842年）签约，又称《道光条约》。至于后来称作《南京条约》，是按西方文献的惯例调整的，以免引起无谓的争议。

中华人民共和国成立后，设江宁县，与南京市毗邻。1958年，江宁县划归南京。2000年，南京市撤江宁县，设江宁区。

白下西风落叶侵

明末清初的思想家、文学家顾炎武是南京的常客,曾在钟山脚下居住,自称明孝陵守陵人,号"蒋山佣"。他的名言"天下兴亡,匹夫有责"流传至今。他曾写有一首《白下》,白下,指的就是南京。

白下

白下西风落叶侵,重来此地一登临。
清笳皓月秋依垒,野烧寒星夜出林。
万古河山应有主,频年戈甲苦相寻。
从教一掬新亭泪,江水平添十丈深。

那是一个秋天,顾炎武来到南京旧地重游。他在轻击的清曲中,仰望着夜空。虽月亮还是那样的明亮,但繁星却似乎闪烁着寒光,犹如他那秋风萧瑟、落寞无边般的心情。他想起了"新亭对泣"的故事。这个故事距他生活的年代已过去了一千多年:西晋首都洛阳失陷,晋怀帝被囚,晋室的一些官僚贵族相聚于南京的新亭。仆射周顗坐而叹曰:"风景不殊,举目有江河之异?"众人面向北方,感极而泣,唯丞相王导正色道:"当共勠力王室,克复神州,何至作楚囚相对泣邪!""新亭对泣""楚囚相对"的成语由此而来。身处明清之际的顾炎武,恍惚觉得那样的一个场景就在眼前重现,触景生情,挥笔写下了这首诗。

南京历代的官方称谓有金陵、建业、建康等近30个,再加上民间称呼,多达70多个,这在世界大都市中极为少见。古代诗人书南京,喜用"金陵"代指;而顾炎武写这首诗,则选用了"白下"。

白下作为城市名号,始于唐高祖武德九年(626年),时金陵县改为白下县。南京在唐朝十易其名,折腾得最为频繁,其中的"白下"并不起眼,也只用了不到10年,便改成了归化县。此后,"白下"再没做过城市名号,也就是说,在南京历史的长河中,"白下"城名仅存活了

顾炎武 清人绘

顾炎武(1613—1682),本名绛,字忠清,明亡后改名炎武,字宁人,苏州昆山人。他少时参加了复社,后被南明弘光朝授为兵部司务,参加过昆山抗清起义。为避仇家陷害,他化名蒋山佣,遍游沿江一带,多次到江宁,七谒明孝陵,写有《金陵杂诗》等诸多诗篇。顾炎武被学者称作亭林先生,与王夫之、黄宗羲并为清初三大思想家之一,其学术思想影响深远。他著作繁多,其中有研究金陵的《建康古今记》等。

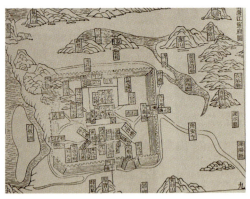

南唐江宁府图上标有"白下桥""白下亭" 清版画

区区几年。那么,它为何还会被后人用来代指南京呢?

东晋时期,曾在幕府山下白石一带修筑白石垒,使之成为军事防御堡垒。南朝时期又在白石垒筑白下城。据《宋书》载,南朝齐文帝曾于"甲申,车驾于白下阅武"。白石垒及白下城发生过多次战役,尤其是经过齐武帝改造扩建后,成为了南朝政权举行北伐的出征之地。这就难怪"白下"会叫得那么响了。顾炎武写《白下》,可能是因当时"频年戈甲苦相寻"而联想到了白下城。

但自从"白下"城名消逝后,南京城市的门、楼等仍有以"白下"为名的,位于白下门外(今大中桥附近)的白下驿便是一例。古代驿站或驿馆通常设在交通干道上,供公差人员来往住宿休息,亦成了送客之处。白下驿今虽已无存,但留下了唐代诗人王勃的经典诗作《白下驿饯唐少府》。

> 白下驿饯唐少府
> 下驿穷交日,昌亭旅食年。
> 相知何用早,怀抱即依然。
> 浦楼低晚照,乡路隔风烟。
> 去去如何道,长安在日边。

王勃是由洛阳动身,走水路至楚州(今淮安),沿运河入江后抵达江宁(今南京)的。他在江宁结交了一位唐氏县尉(敬称少府),并成为了挚友。这首诗是他在"下驿"(即白下驿)饯别唐县尉时写下的,诗中涉及了两个典故。其一,借用了韩信早年因家贫寄食"昌亭"(南昌亭长)的故事,以答谢友人对自己来南

王勃 清版画

王勃(650—676),字子安,绛州龙门(今山西河津)人。他自幼被誉为神童,16岁时应科及第,授朝散郎,后因戏作《檄英王鸡文》遭贬,再因获罪被革职。他在文学上尤以骈文为最,列王勃、杨炯、卢照邻、骆宾王"初唐四杰"之首。其代表作《滕王阁序》,是他去交趾探父,途经洪州(今南昌)时,参与阎都督宴会即席所作,惊艳四方。

《白下琐言》书影

京的真诚款待。其二,引用了"日近长安远"的成语故事。晋元帝司马睿在都城建康(今南京)大殿上,当着众臣的面问年幼的长子司马绍:"汝意谓长安何如日远?"答曰:"日近。举目见日,不见长安。"这个成语后用于表达对京城遥不可及的眷恋、向往。王勃是获罪被革职离京的,他在南京的白下驿为唐县尉饯行,因友人就要启程去长安谋仕途,而他自己也将远赴交趾(今越南)探望老父,那种"去去如何道"的别离心情,既是祝福友人前途似锦,也流露出自己的失落和怅惘。万万没想到的是,他去交趾探望老父返程时在海上遇难,结束了年轻的生命,年仅26岁。《白下驿饯唐少府》成了王勃在南京的"绝唱",给南京留下了弥足珍贵的文化遗产。

"白下"作为南京的城市名称,虽说短暂

又短暂,甚至可以忽略不计,却留下了深深的痕迹,因为它有历史、有故事、有讲究,无法磨灭。

"白下",不仅出现在古人的诗文中,还有不少文献著作也以它为书名。例如清代甘熙的《白下琐言》、汤叙的《白下集》、胡恩燮的《白下愚园集》,民国胡光国的《白下愚园续集》等。民国十六年(1927年)国民政府定都南京,在拓宽城南的中正街时,将其改名为白下路。中华人民共和国成立后,于1955年将原定的第二区改称白下区。2013年3月,白下区并入秦淮区。尽管如此,原白下区的不少单位仍保留了"白下"的名号。

同居长干里 两小无嫌猜

"青梅竹马""两小无猜",是两则广为人知、常被引用的成语,缘于唐代诗人李白的诗作《长干行》。

"两小无猜"国画 私家藏品

长干行

妾发初覆额,折花门前剧。
郎骑竹马来,绕床弄青梅。
同居长干里,两小无嫌猜。

十四为君妇,羞颜未尝开。
低头向暗壁,千唤不一回。
十五始展眉,愿同尘与灰。
常存抱柱信,岂上望夫台。
十六君远行,瞿塘滟滪堆。
五月不可触,猿声天上哀。
门前迟行迹,一一生绿苔。
苔深不能扫,落叶秋风早。
八月蝴蝶来,双飞西园草。
感此伤妾心,坐愁红颜老。
早晚下三巴,预将书报家。
相迎不道远,直至长风沙。

李白 清殿藏本

李白(701-762),字太白,号青莲居士,祖籍陇西成纪(今甘肃天水),一说生于碎叶(今吉尔吉斯斯坦境内),后随父迁居绵州彰明(今四川江油)青莲乡。他年少聪慧,吟诗舞剑,豪放不羁,25岁出川漫游,后入长安(今西安),供奉翰林。因安史之乱,他受牵累被流放夜郎,中途遇赦东还。他在晚年生活漂泊,卒于安徽当涂。他的诗作雄浑豪放,充满浪漫主义色彩,被后人誉为"诗仙",与杜甫并称为"李杜"。

李白，中国历史上伟大的浪漫主义诗人。他是南京的常客，在吟诵南京的唐诗中数他的作品最多，写到的景点也最多。《长干行》是他初游南京，行走长干里中激发了灵感，创作的一首浪漫的爱情叙事诗。

全诗以长干里的一位商妇为主人公，让其自叙人生情感的经历。她与邻家男孩"两小无猜"，"折花门前剧（游戏）"；14岁的时候便成了男孩的"君妇"，情窦初开，羞颜向壁；15岁"始展眉"，与夫君相爱炽热，"愿同尘与灰"。俗话说，好花不常开，好景不常在。她16岁时夫君就经商远行，劳燕两分飞。如果说此前她是以"年"记事，那么与夫君分别后，就是以"月"来表达她的思念之情了。她知道夫君去的方向是长江三峡，一想到那里的哀猿长啸、暗礁"滟滪堆"，不由得担惊受怕。"苔深""落叶"表明日子过得无比煎熬，一看到那双飞的蝴蝶，更是伤透了心。她盼望夫君归来前"预将书报家"，好让她"相迎不道远"，哪怕到七百里外的"长风沙"（今安徽安庆东）等候。

诗人李白是从古乐府诗和民歌中汲取养分写作这首叙事诗《长干行》的。他似乎已走入这位长干里女子的内心世界，将其温柔缠绵的情感描绘得极为细腻，正如清人所编《唐宋诗醇》中对此诗的点评："儿女子情事，直从胸臆间流出,萦迂回折,一往情深"。

　　唐代诗人崔颢也爱好古乐府诗和民歌,也以长干里为题写了首叙事诗《长干曲》。这首《长干曲》中也有男女二人,一为船家女,一为男乘客,只不过虽"同是长干人",但"生小不相识",是在异乡"莲舟"上邂逅的。全诗16句,分成4节,以男女对话的方式展开。第1节是女的听到乡音,便"无嫌猜"地做自我介绍,还询问对方来自何处,其直率泼辣、个性解放的形象跃然纸上,在封建社会中很是少见。第2节是男的回答,确认与她同乡,在"九江"(这里泛指长江下游)讨生活。第3、4节依旧是女的和男的对话,言语之间流露出相见有缘、与其"独自"不如"相待"的情感。这首诗的意义还在于,反映了长干里的儿女自古就有闯天涯的勇气和魄力。

长干曲

君家何处住?妾住在横塘。
停舟暂借问,或恐是同乡。
家临九江水,来去九江侧。
同是长干人,生小不相识。
下渚多风浪,莲舟渐觉稀。
那能不相待,独自逆潮归。
三江潮水急,五湖风浪涌。
由来花性轻,莫畏莲舟重。

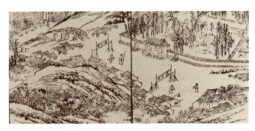

古越城遗址 清版画

在咏南京的古诗词中，有许多是写长干里的。那长干里今在何处呢？六朝时期，秦淮河南北两岸有两个最为繁华的商业、居民区。北岸为长干里，南岸则为横塘。在《长干曲》中，"妾住在横塘"，自然视长干里人为同乡了。

古长干里的范围很大，如同清代诗人周宝偀在《长干里》诗中所吟，"长干长干有大小""南环白鹭东赤矶"。南京最早的城池"越城"就在长干里。越城，又叫越王城、越王台，建于公元前472年，是越王勾践灭吴后令范蠡建筑的，故又称作范蠡城。江南首座佛寺"建初寺"以及赫赫有名的"长干寺"，也都在长干里。

> 崔颢（704？—754），汴州（今开封）人，开元年间进士，累官至司勋员外郎。他是和李白同时代的诗人，也是盛唐诗坛上的著名才子，其代表作《黄鹤楼》为李白所倾服，被誉为唐代律诗第一。他早期的诗多写闺情，后期以写边塞诗为主，诗风改为雄浑奔放。

"青梅竹马"雕塑 摄于2009.5.4

唐末五代时期,杨吴及南唐构筑城墙,将秦淮河分成内、外秦淮,使得长干里被分割成城墙内外两部分。周宝偀《长干里》诗中有"而今一半压城里",说的即是。周宝偀还有一首诗《越城》,记录了昔日的越城及建初寺等寺庙,湮没于长干里荒草烟霭中的景象。

越城

禅院风清古迹埋,长干西畔小徘徊。

一堆土石迷烟草,人踏斜阳问越台。

而今,虽在南京市区地图上已找不到长干里这一地名,但只要谈论城市发展的历史,只要吟诵南京的诗词,就不会缺少"长干里"。据了解,南京正在开展"越城"遗址的考古发掘,"建初寺"的复建也在进行之中。而一组充满情趣的"青梅竹马""两小无猜"雕塑已早早坐落于中华门城墙外、外秦淮北岸的小游园里,供游人赏玩。

多少楼台烟雨中

唐代诗人李商隐的七律咏史诗《南朝》中以"蒙太奇"的手法请出几位帝王粉墨做秀,演出了一台南朝兴废的舞台剧,令人唏嘘不已。

南朝

玄武湖中玉漏催,鸡鸣埭口绣襦回。
谁言琼树朝朝见,不见金莲步步来。
敌国军营漂木柹,前朝神庙锁烟煤。
满宫学士皆颜色,江令当年只费才。

全诗的开场说的是齐武帝。他在"玉漏"(古代计时器)催促下,在"绣襦"(指锦绣短袄打扮的宫女)的陪伴中,到玄武湖、鸡鸣埭晨猎,好不威风,好不潇洒。接下来又讲了齐东昏侯。他荒唐地下令将黄金雕成莲花贴在地上,让潘贵妃踩上去"步步莲花"。更有甚者是陈后主,

东昏侯萧宝卷游宴后庭 明版画

竟然置"前朝神庙"（祭祀的祖庙）于荒废，整日沉湎在"琼树"的靡靡之音中，甚至把江总这样的重臣当作"废料"，而封"颜色"（指宫中美女）为学士。面对"敌国"（指隋朝军队）建造众多战船，故意将"木柿"（造船的废木片）抛入江中，让它们沿江而下威慑于他，视而不见，迎来的自是"一片降旗百尺竿"了（李商隐《咏史》）。李商隐的这么一首《南朝》，值得反复咀嚼，虽有些沉重，然发人深省。与李商隐同时代的诗人杜牧，也有首写南朝的诗作《江南春》。这首诗读起来朗朗上口、轻松愉悦，又让人忍不住往深处琢磨，领会其中的嘲讽。

李商隐 清版画

李商隐（813-858），字义山，号玉溪生，又号樊南生，原籍怀州河内（今河南沁阳）。他是开成二年的进士，因党争受到排挤，一生潦倒。他作诗擅长律绝，讲究"朦胧美"，与杜牧合称"小李杜"，与温庭筠合称"温李"。

江南春

千里莺啼绿映红,水村山郭酒旗风。

南朝四百八十寺,多少楼台烟雨中。

全诗虽仅4句,但信息量相当之大。开首两句写的是南京的自然风光,很美很美,不愧以"江南春"为题。后两句忽而从唐朝穿越到了南朝,给人以追逐旧梦般的感觉。"南朝四百八十寺,多少楼台烟雨中",这两句诗看似都在写佛寺,其实未必。那时期除皇家佛寺外,绝大多数寺庙都小而又小,构不成"多少楼台"。诗中的楼台,更多的应是指宫廷以及达官贵人的建筑。南朝的建章宫,是在孙吴台城基础上修建的,搞了许多殿宇,还建了东宫。齐东昏侯更是大兴土木,砌建了仙华、神仙、玉寿诸殿。这些殿宇全部刻画雕彩、麝香涂壁,竭尽华丽。

杜牧 清版画

杜牧(803—852?),字牧之,号樊川居士,京兆万年(今西安)人。他是文宗太和年间的进士,官至中书舍人,晚年居长安樊川别墅,故被后世称"杜樊川",又被称作"小杜",诗与李商隐齐名,合称"小李杜"。

"步步莲花",便是齐东昏侯的"杰作"。

台城的位置大约是以今大行宫地区为核心,东到六朝博物馆一线,西到邓府巷旁,北至如意里,南至游府西街小学。除了建章宫及东宫外,台城内外还兴建了大批宫室。刘宋建有亲蚕、弘训、长乐诸宫;齐代建有宣德、青溪及世子诸宫;梁代建有安德、金华、江夏诸宫;陈代建有弘范、慈训、东安诸宫。这些恐怕才是诗中描绘的"多少楼台"吧。

以往之所以将"多少楼台"误认为是寺庙,是因为大家的注意力都聚焦到了"南朝

杜牧诗意图 明版画

四百八十寺"。南京自东吴建江南首座佛寺"建初寺"以来，佛教盛行，寺庙丛生，尤以南朝为鼎盛。诗中的"四百八十寺"并非实数，仅为一种艺术修辞。后来有人竟然搜索资料，将480寺一一罗列了出来，其实，据现代学者考证，那时期南京的寺庙远不止这个数，足有700余座之多，堪称"佛都"。

佛教在明朝的南京也相当盛行，典型的代表是皇家大报恩寺琉璃塔。塔，梵文音译为"堵波""偷婆"等，初为供奉释迦牟尼舍利的半圆形墓冢。有意思的是，外来的"堵波"一经入境，便与中国式楼阁相结合，变身成一种新颖的高层建筑，命名为"塔"。"塔"字，在原先的汉字中并无，是因"堵波"中国化而有的创新字。大报恩寺琉璃塔，高约78米，九级八面，外八内方，砖木结构，是一座典型的江南楼阁式建筑，被誉为"天下第一塔"。它的名声远扬海外，荷兰人约翰·尼霍夫（1618-1672）曾在清顺治十一年（1654年）访问过南京，在其《尼霍夫游记》中为"这无与伦比的杰作"琉璃塔赋诗一首：

虽然这骄傲的建筑堪比七大奇迹，
它们都是远古时代对这世界的挑战；
你那金殿的光辉却令我颤栗，
啊南京，在此上帝的名字还未被召唤。

美国诗人郎费罗（1807-1882）也曾为该

琉璃塔写过一首赞美诗：

> 位于南京的近郊，你看
> 那座瓷塔，奇异而且古老，
> 高耸入云天。
> 它九层彩绘的楼台，
> 有着枝叶盘绕的栏杆
> 和层层衬着瓷砖的塔檐。
> 上头悬挂的瓷铃无时无刻
> 不响着轻盈柔和的乐铃声。
> 同时整座塔的闪耀
> 多彩多姿的烨烨烂漫，
> 完全融入一个缤纷的彩色世界，
> 就像阳光照耀下花团锦簇的迷宫。

令人扼腕的是，大报恩寺琉璃塔在清朝晚期的战火中被毁。它举世无双的身躯虽已倒下，但留存在了中外诗歌和绘画中，记录在了历史的文献中，给了人们丰富的想像空间。2008年，考古学家在大报恩寺琉璃塔塔基，原长干寺地宫中，发现了佛祖释迦牟尼顶骨舍利，举世为之震惊。2015年大报恩寺遗址公园建成，并立起一座九层轻质保护塔，对地宫原址加以保护，亦供游人观赏。

现代的南京，山水城林，广厦林立，璀璨似锦。假如唐朝的杜牧穿越到来，恐怕不止于用"多少楼台"而歌了吧？

瞻园风帘入图画

说过了金陵的"楼台"及"塔",再来讲一讲"园"。

中国古典园林融自然美、建筑美、绘画美和文学美于一炉,其造园艺术经历了从模山范水到写意山水,从师法自然到高于自然的发展轨迹,至明清达到了炉火纯青的境地。

早在六朝,南京的宫廷苑囿就很是繁荣,以华林园最具代表。华林园,取名自洛阳旧都的一个园,位置在今鸡笼山及市政府机关大院一带。它起自东吴,历经东晋和南朝,与整个六朝相始终,有"六朝第一名园"之称。南宋有位诗人叫曾极,曾因作"九十日春晴景少,一千年事乱时多",在江湖诗案中被指为谤毁时政而遭贬。他写过一首《华林园》,录之。

华林园

羽葆来临鼓吹停,华林畅饮倒长瓶。

万年天子瞢腾眼,错认长星作酒星。

先不说皇家园林,这里讲一讲私家园林。六朝的私家园林大体分布在玄武湖、钟山等山水周围,其中东晋宰相王导的西园颇具代表。他是听取风水先生的意见,将冶城山(今朝天宫所在地)扬尘的工坊迁移,在其址上建设的,这可视为古代的环保故事吧。

王安石词意图 明版画

自隋文帝灭陈,将南京"平荡耕垦"后,六朝园林消失殆尽。在隋唐宋元的数百年间,随着南京城市地位的下落,私家园林显得比较平淡,名园更是寥若晨星,其中,值得称道的是宋代王安石的半山园,这是他遭罢官后在南京建筑的居所。

王安石先后在南京居住了20余年,三任江宁知府,又两次进京拜相,是一位颇具传奇色彩的人物。他第二次进京拜相时,途经瓜洲中转,写下了著名的《泊船瓜洲》。

泊船瓜洲

京口瓜洲一水间,钟山只隔数重山。

春风又绿江南岸,明月何时照我还?

"瓜洲"今属扬州,与"京口"(今镇江)

隔长江相对。王安石是从瓜洲入水，取道京杭运河前往京都的。如今的"京口瓜洲一水间"已架起了一座长江大桥。诗的后两句，成了世代传诵的金句，尤其是其中的"绿"字，既表达了王安石重返政治舞台、推行新政的抱负与信念，也流露出他对"钟山"故地的怀念之情。

王安石被罢官后，选择在南京城东门与钟山各七里的半道上建园隐居，取名半山园，书法家米芾是半山园的常客。王安石为官时清廉俭朴，退下来后建园怡然。他亲力亲为，"扶疏三百株""凿池构吾庐"，还"沟西雇丁壮"，开凿水渠，使之与青溪相连通，并写诗道："屋绕湾溪竹绕山，溪山却在白云间。临溪放艇依

王安石 清殿藏本

王安石（1021-1086），字介甫，号半山，抚州临川人。他是庆历二年的进士，在仕途生涯中两度任相，推行变法，又三任江宁知府，视南京为第二故乡。他卸任后被封为舒国公，再改封为荆国公，晚年居南京，去世后被赠太傅。他诗文皆有成就，为"唐宋八大家"之一。其词作《桂枝香·金陵怀古》，首开豪放词之先河。

山坐,溪鸟山花共我闲。"王安石就是在如此幽静的半山园里,享受着闲居生活。他又曾写有一首《浣溪沙》,表达了自己怡然自得、脱俗出尘的心境。

  浣溪沙
  百亩中庭半是苔,
  门前白道水萦回。
  爱闲能有几人来?
  小院回廊春寂寂,
  山桃溪杏两三栽。
  为谁零落为谁开?

王安石晚年舍园宅为寺。寺庙被宋神宗敕赐名"报宁禅寺",民间则称之为半山寺。到明初,半山寺因筑城墙渐渐圮废,其遗址今在海军指挥学院内,被列为市级文物保护单位。

南京的私家园林在明清时期重启繁华,佳作迭出。民国陈诒绂《金陵园墅志》辑录的明朝私家园林超过了130座,其中,中山王徐达及其后裔的园林就有10多处。除徐氏园林外,著名的有汉王朱高煦的煦园、姚涎的市隐园、徐霖的快园、顾璘的息园、朱之蕃的小桃园、顾起元的遯园、阮大铖的石巢园等。《金陵园墅志》辑录的清朝私家园林数量则比明朝还要多,其代表有李渔的芥子园、孙星衍的五松园、马士图的豆花庄、陈作霖的可园、刘文陶的刘园、

今日瞻园之一瞻

袁枚的随园、蔡钧的韬园等。有的名园如追溯前身，亦是源于徐氏园林，例如白鹭洲，最早为徐达的东园；愚园，则为徐达五世孙魏国公徐傅的别业，在咸丰年间毁于战火，后被江宁织造幕僚胡恩燮购得，于旧址重建；莫愁湖，也曾是徐氏后裔徐九公子的私家园子。这里，得特别表一表有"金陵第一园"之称的瞻园。

瞻园，原为徐达的西园，当时称作魏公西圃，至明末被其裔孙六岳老人改此名。乾隆二十二年（1757年），乾隆皇帝第二次南巡驻跸于此，为其题写"瞻园"匾额，并御笔题诗："江宁使院天下冠，日月烟霞生古姿。翠华临赐瞻园字，松石光辉又一时。"这使得瞻园名声大盛。"浙西六家"词人常在瞻园雅集，园中的景致自然成为吟唱的主题，留下众多词作。这里选沈皞日《惜红衣·题瞻园》为代表。

惜红衣·题瞻园

如此亭台,云根水曲,最宜清夜。淡月疏烟,风帘入图画。骚人词客,应两两、海棠花下。幽雅,红萼翠尊,尽今番潇洒。

小桥欹榭,高木参差,碧桃又低亚。玉兰几树,琼香动平野。梦想十洲三岛,好与此间描写。倚碧阑星影,记问蕊珠归也。

瞻园随着时代的变迁,有过多次修建,功能也有过多次变换。它在清代一度是江宁布政使司署,太平天国时曾为东王杨秀清及幼西王萧有和王府,北洋政府时期用作江苏省省长公署,北伐后被内政部征用。中华人民共和国成立后,瞻园回归社会,政府先后对园林进行了三次大的整修,并设有太平天国历史陈列馆,供游人参观游览。

登赏心亭忧时意

亭,是一种古老的建筑样式,与古诗词具有的"音乐美、建筑美、绘画美"融为一体。

亭,最早称作"亭燧",又称"亭堠"或"亭候",通常置于边防要塞,类似于碉堡。亭在秦汉时多半设在交通要道上,大致每十里建有一亭,每亭设亭长,为其配备刀剑、弓弩等武器,负责地方治安。亭长应是当时朝廷末端组织的职务,相当于派出所所长。刘邦就曾担任过泗水亭的亭长。继而发展为"迎饯"的佳地,所谓"十里长亭",泛指"送别"的地方。

南京的古亭,最具知名度的是劳劳亭和新亭。此两亭尽管早已不存,但通过诗词的传播,让人感到总还是那么的鲜活。

劳劳亭,始建于东吴,位于古称劳劳山的雨花台西岗,又叫"临沧观""望远楼"。劳劳,意为告别时举手相招。古汉语"劳"通"辽"字,亦有目送远望之意,汉乐府《孔雀东南飞》中有"举手长劳劳"句。劳劳亭之所以留名,得益于唐代诗人李白的《劳劳亭歌》《劳劳亭》,这里录后者。

劳劳亭

天下伤心处,劳劳送客亭。

春风知别苦,不遣柳条青。

古人送别时习惯折柳喻情,"柳"与"留"

谐音。诗中状物拟人，让春风深知离别之苦，以至于为把客人留住，不教柳条返青。这首诗虽仅寥寥4句，却与众不同地道出了离别时的复杂情绪，甚是精彩。

有关劳劳亭的诗词还有很多。清代画家、诗人郑板桥也写过一首蛮有意思的"劳劳亭"词。他的词作多少受李白《劳劳亭》的影响，又反"不遣柳条青"的意境，让西风"逼成衰柳"。

念奴娇·劳劳亭

劳劳亭畔，被西风一吹，逼成衰柳。如线如丝无限恨，和风和烟。江上征帆，尊（注：同酒具"樽"）前别泪，眼底多情友。寸言不尽，斜阳脉脉凄瘦。

半生图名图利，闲中细算，十件常输九。跳尽胡孙（注：同"猢狲"）妆尽戏，总被他家哄诱。马上推笳，街头乞叫，一样归乌有。达将何乐？穷更不如栻守。

郑板桥在这首词中也拿"柳条"做文章，只是不再"不遣柳条青"，而让"西风一吹，逼成衰柳"。既是"衰柳"，也就折不了柳了，依旧是留客之意。至于词的下阕，是作者借劳劳亭

李白金陵诗意图 清人绘

感叹人生的离合。词中含有的"几分真诚,几分幽默,几分酸辣",是作者一贯的作派。

再说新亭,位于劳劳亭之北,亦是六朝古亭。在"白下西风落叶侵"一文中,讲到了历史上盛传的"新亭对泣""楚囚相对"掌故,新亭由此而名声大噪,流传的古诗词较之劳劳亭更多。诗人李白不仅写了《劳劳亭》,也写了《金陵新亭》。

金陵新亭

金陵风景好,豪士集新亭。

举目山河异,偏伤周颛情。

四坐楚囚悲,不忧社稷倾。

王公何慷慨,千载仰雄名。

李白的这首诗,再现了"新亭对泣"的故事。且看周颛等晋室老臣,从洛阳移居南京,相聚新亭,因"举目山河异"而泣,唯"王公"(即王导)慷慨正气,充满了正能量,令后人"仰雄名"。

说到南京的古亭,不得不提赏心亭。它位于秦淮河北岸下水门(今水西门)城上,始建于南朝梁代,后毁于兵燹,至北宋年间由昇州(南京)丁谓再建,又在南宋年间由建康(南京)知府重建。时过境迁,现在大家看到的外秦淮畔赏心亭,已仅是仰其名新建的仿古建筑了。

赏心亭之所以给世人留下永久的记忆,与几位爱国诗人在亭上的吟诗有关。其一为南宋诗人陆游，作《登赏心亭》。

登赏心亭

蜀栈秦关岁月遒，今年乘兴却东游。

全家稳下黄牛峡，半醉来寻白鹭洲。

黯黯江云瓜步雨，萧萧木叶石城秋。

孤臣老抱忧时意，欲请迁都涕已流。

陆游生活在南宋，金兵南侵，朝廷主战派与主和派斗争激烈。主战派主张迁都建康（南京），主和派意见定都临安（杭州），结果是后者占了上风。陆游奉诏从巴蜀沿江下"黄牛峡"（西陵峡中段），至瓜步山（在六合境内），在建康中转，赶赴都城临安。这是他第三次途经南京，在赏心亭上写下了这首诗以示壮志难酬。他10多年前就曾上书"迁都建康"，虽说而今事与愿违，但仍然为此"老抱忧时意""涕已流"。亭名"赏心"，实则伤心呀。

另一位主战派代表辛弃疾，曾在赏心亭写有《水龙吟·登建康赏心亭》《菩萨蛮·登建

今赏心亭风采

康赏心亭为叶丞相赋》《念奴娇·登建康赏心亭呈留守致道》三首，倾诉了自己报国无望的悲愤之情。这里录其中最为著名的一首。

水龙吟·登建康赏心亭

楚天千里清秋，水随天去秋无际。遥岑远目，献愁供恨，玉簪螺髻。落日楼头，断鸿声里，江南游子。把吴钩看了，栏杆拍遍，无人会，登临意。

休说鲈鱼堪脍，尽西风，季鹰归未？求田问舍，怕应羞见，刘郎才气。可惜流年，忧愁风雨，树犹如此。倩何人唤取，红巾翠袖，揾英雄泪？

作者在词的下片接连用了3个典故："鲈

陆游 清人绘

陆游（1125—1210），字务观，号放翁，越州山阴（今绍兴）人。他曾被秦桧黜，中年入蜀，投身军旅生活，后奉诏入京主编《两朝实录》《三朝史》。他晚年隐居山阴乡间写诗赋词，是文学史上少有的高龄高产作家。今存其诗词九千余首。

鱼堪脍"，说的是晋人张翰（字季鹰）在洛阳做官，想起家乡吴中的美味，弃官而归；"求田问舍"，是说刘备责备许汜在国难之际只想到置田购房，为君子所不耻；"树犹如此"，是指晋桓温在北伐时，看见手植的柳树长得又高又大，叹曰："木犹如此，人何以堪？"陆游借这些典故来宣泄自己不轻弹的"英雄泪"，只有"倩"（请托）"红巾翠袖"（代指女子）来"揾"（擦拭）了。

亭，作为中国传统的建筑小品，多么赋有人文情怀呀。

辛弃疾塑像

辛弃疾（1140-1207），原字坦夫，改字幼安，号稼轩居士，历城（今济南）人。他曾任江西、福建安抚使等职，一生力主抗金，所提方略均被拒，屡遭当权者猜忌、打击。他罢职后闲居于江西上饶、铅山一带，晚年一度被起用，后再遭弹劾忧愤而死。他是两宋豪放派词人代表，与苏轼合称"苏辛"，与李清照并称"济南二安"。

牧童遥指杏花村

在南京外秦淮北畔的一隅,有心人塑了一座"牧童遥指杏花村"的铜像,其取材于唐代诗人杜牧的诗《清明》。

"牧童遥指杏花村"雕塑

清明

清明时节雨纷纷,路上行人欲断魂。

借问酒家何处有,牧童遥指杏花村。

铜像中的牧童指向的杏花村在哪里呢?明代顾起元在《园居杂咏》诗中云:"杏花村外酒旗斜,墙里春深树树花。"这明确杏花村就是个酒家。民国《首都志》里写有:"南京杏花村'谓杜牧之沽酒处,信然。'"显然,南京确有这个酒家,而且就是《清明》一诗中所指的杏花村。至于杏花村的具体位置,应与始建于晋朝的瓦官寺有关。明代焦竑在《重建凤游寺碑记》里记载:"别开一境,崇岗曲折,林麓蘙然为杏花村。"凤游寺的前身即为瓦官寺。杏花村的周围环境，也确如"碑记"中所记"林麓蘙然"。清初诗人余宾硕在《金陵览古》中云："至杏花村，春时花烂如霞蒸，中多名园……"清代金陵48景将它列入其中，题为"杏村沽酒"。而今，虽说已将凤游寺复名瓦官寺并重建，但仍沿用着凤游寺的街名。也就是说，杏花村是在今门西凤游寺一带。

有趣的是，现在全国至少有十几个地方都在争"杏花村"的名分，这要怪就怪杜牧在《清明》一诗中并未明示"杏花村"究竟是在何处，而这首诗的气场太大，以至于为此争名。"杏花村"之争，也引起学术界的讨论，认为相对疑似的有两处：一为安徽贵池，可能与杜牧在宣州做过官有关；另一处在山西汾阳，因那里有杏花村这一地名，又产汾酒。然而，没有任何史料表明杜牧去过这两个地方。即使是汾阳的杏花村，也说不清是在哪个朝代命名的。倒是杜牧多次到过南京，写过多首诗词。其中的《江南春》《泊秦淮》与《清明》属同一个系列，应该是杜牧同一次游南京所作。据了解，秦淮区拟结合门西环境综合整治，再现"杏村沽酒"的胜境。有一种旅游景观，叫无中生有，而"杏村沽酒"是旧景再现，很值得期待。

在唐朝，南京著名的酒家除了杏花村以外还有不少。最为突出的数孙楚酒楼。这座酒楼

金陵城西南杏花村 清版画

非常独特,是世界上寿命最长的酒家。它位于西水关一带,始建于晋朝。据说当时的太守孙楚常到这里喝酒吟诗,于是店主就干脆把它命名为孙楚酒楼。孙楚酒楼世世相袭,代代相传,尽管有过几次损毁,随即又会得以重建,直至清代仍鲜活着,被列入清金陵48景之中,题为"楼怀孙楚"。

孙楚酒楼之所以经久不衰,其中一个原因是诗人李白的诗与酒。李白不仅是诗仙,也是酒仙,一生崇尚"古来圣贤皆寂寞,唯有饮者留其名",他每每游南京,都要到孙楚酒楼饮酒作诗。《金陵城西楼月下吟》是流传甚广的名篇。诗题中的"城西楼"就是孙楚酒楼。他还有一首诗,题目长得离谱,多达43个字,概述了他通宵达旦喝酒的全过程,简直帅呆了。这首诗为《玩月金陵城西孙楚酒楼,达曙歌吹,日晚乘醉著紫绮裘、乌纱巾,与酒客数人棹歌秦淮,往石头城访崔四侍御》。

李白醉饮图 清版画

昨玩西城月,青天垂玉钩。

朝沽金陵酒,歌吹孙楚楼。

忽忆绣衣人,乘船往石头。

草裹乌纱巾,倒被紫绮裘。

两岸拍手笑,疑是王子猷。

酒客十数公,崩腾醉中流。

谑浪棹海客,喧呼傲阳侯。

「阳侯:古之诸侯」

半道逢吴姬,卷帘出揶揄。

「吴姬:金陵女子」

我忆君到此,不知狂与羞。

「君:指诗题中的崔侍御」

月下一见君，三杯便回桡。

「桡：楫」

舍身共连袂，行上南渡桥。

兴发歌绿水，秦客为之摇。

「绿水：古歌曲」

鸡鸣复相招，清宴逸云霄。

赠我数百字，字字凌风飚。

系之衣裘上，相忆每长谣。

李白的豪饮如此疯狂，如此既俗又雅，在这首诗里表现得淋漓尽致，堪称中国饮酒第一人。他25岁时第一次出川远游，在南京逗留了不少日子，就作有《金陵酒肆留别》。诗中虽没有点明"酒肆"在哪里，但想象一下很可能就在孙楚酒楼。也许从那一次起，他就成了孙楚酒楼的常客，甚至有人一度将其称作"太白酒楼"。

孙楚酒楼所在的西水关地带商贸繁华，尤其是明朝时期酒肆众多，著名的有江东、鹤鸣、醉仙、集贤、乐民、南市、北市、轻烟、翠柳、梅妍、淡粉、讴歌、来宾、鼓腹、重泽、叫佛，称作"花月春风十六楼"。孙楚酒楼虽不在这"十六楼"之列，但因名诗使其永葆青春，是无冕之冠。清代诗人陈文述曾以《孙楚酒楼》诗一首，唱出了酒楼的前世今生。

孙楚酒楼

秋色三山雨，江流六代烟。

偶谈孙楚事，因过酒楼前。

花月唐天宝，风流李谪仙。

凭栏同一醉，高咏二千年。

孙楚酒楼"高咏二千年"，终在清咸丰年间毁于一旦，实在太可惜了。了解了孙楚酒楼的历史，倒是萌发了一个想法：像这样的一座千年老店，而今如能梳理其文化，用心打造，使之重现江湖，那会是件很了不得的事呀。

贰 · 山之颂

SHANZHISONG

小引

石头小子：三国时期，相传诸葛亮在孙权陪同下登上石头山，感叹"钟山龙盘，石城虎踞，此乃帝王之宅也"。"虎踞龙盘"的成语应运而生，专指南京。

莫愁女孩：南京的山真了不起，如盘龙，似伏虎，代表了南京的形象。

石头小子：不仅有"虎踞龙盘"，有的山还似"天阙"、如"天印"、状"牛首"，还有……

莫愁女孩：让我们面向南京的山峦，放声颂唱。

钟山龙盘走势来

"钟山龙盘走势来",是唐代诗人李白《金陵歌送别范宣》中的诗句,寥寥七个字歌出了钟山之伟岸。

钟山,位于南京市东部,因形状似钟而名,又因其页岩在阳光下泛紫色而名紫金山,是宁镇山脉的最高峰。宁镇山脉大约是在1.95亿年前的中生代三叠纪末期形成,耸立于南京、镇江两市的沿江地区。它在南京的境内呈东西走向,形成了3个分支,即栖霞山、幕府山等北支,方山、孔山等南支,钟山、清凉山等中支。

钟山主要有3座山峰,呈笔架式排列。主峰海拔448.9米。其东是第二峰小茅山,海拔360米,为中山陵所在地。其西有天堡山,海拔250米,为紫金山天文台所在地。

钟山 清版画

钟山初名金陵山，汉代始有钟山之称，以后因历史地理诸因素，先后名蒋山、北山、神烈山等，直至清代复名钟山。它是大自然赐予南京的山，也是一座人文的山，书写了许多春秋历史，留下过许多诗人的履痕，可以这么说，它是南京文化的象征。

李白多次来到南京，多次登上钟山。他的《金陵歌送别范宣》是为送别范宣写作的。至于范宣是何许人已无从考证，也无关紧要，重要的是诗人送别友人时唱了一首"金陵歌"。

金陵歌送别范宣

石头巉岩如虎踞，凌波欲过沧江去。
「沧江：这里指长江」
钟山龙盘走势来，秀色横分历阳树。
「历阳：今安徽和县」
四十余帝三百秋，功名事迹随东流。
白马小儿谁家子，泰清之岁来关囚。
「泰：同"太"；泰清之岁：梁武帝年号」
金陵昔时何壮哉，席卷英豪天下来。
冠盖散为烟雾尽，金舆玉座成寒灰。
扣剑悲吟空咄嗟，梁陈白骨乱如麻。
天子龙沉景阳井，谁歌玉树后庭花。
此地伤心不能道，日下离离长春草。
送尔长江万里心，他年来访南山皓。
「南山皓：秦末汉初隐居在陕西商山的四隐士」

这首诗共计20句,只用了开首的4句来写景,不仅唱钟山,而且歌石头山(今清凉山)。但就这么几句诗,竟然将金陵形胜描绘得如此壮丽。接下来的12句,都是在点评东吴、东晋、宋、齐、梁、陈六朝史迹:那历经了377年(诗人取约数"三百秋")的六朝,虽"席卷英豪天下来",然先后登场的39位君主(诗人取约数"四十余帝")之帝业均"随东流"去,什么"冠盖",什么"金舆玉座",也都化作了尘烟。诗中,又穿插了"白马小儿"侯景叛乱被囚于"泰清之岁",以及陈代昏君陈叔宝沉醉于"玉树后庭花"之曲、偷生"景阳井"(又称胭脂井)之典故。由此来看,李白对六朝古都有着入木三分的认识,挥洒自如地将其浓缩为诗句,实在太精妙了。全诗最后的4句,是诗人的抒怀,将其对金陵的追怀、眷恋、感悟一古脑儿化成"此地伤心不能道",每每伴随"长春草",甚而自己也向往着"他年来访南山皓"。

钟山,作为宁镇山脉的顶峰,实乃风水宝地。这里不仅寺庙林立,亦是皇家陵地。钟山的佛寺,始于六朝,著名的有上定林寺、下定林寺、开善寺等。当下的灵谷寺,其前身就是开善寺,原先位于独龙阜玩珠峰下。梁武帝之女永定公主为纪念高僧宝志,捐建了宝公塔,继而建起了开善寺。北宋苏轼有诗《赴岭表过金陵蒋山泉老召食阻雨不及往》写的就是此寺僧人,且让大家来欣赏。

> 赴岭表过金陵蒋山泉老召食阻雨不及往
> 今日江头天色恶,炮车云起风欲作。
> 独望钟山唤宝公,林间白塔如孤鹤。
> 宝公骨冷唤不闻,却有老泉来唤人。
> 电眸虎齿霹雳舌,为余吹散千峰云。
> 南行万里亦何事,一酌曹溪知水味。
> 他年若画蒋山图,为作泉公唤居士。

这首诗的题目很长,表达的是苏轼写诗的缘由:他被贬官赴任岭表(即岭南),途经南京时,应蒋山(即钟山)僧友(即泉老)之约前去吃饭,因遇风雨受阻未成行,有感而诗。

那一日,开善寺的僧友请他去作客,忽而"天色恶""风欲作",无法成行;但又忽而电闪雷鸣,"吹散千峰云",可谓佛法无边。他想到的是此次"南行万里",可"一酌曹溪知水味"。"曹"通"漕","漕溪",源自广东曲江。相传梁时有僧泛舟溪口,尝其味,曰"此水上游有胜地"。也就是说,苏轼将自己的谪迁比作是一次南游访胜,表达了旷达而乐观的思想。继而他又想到,来年还要到金陵绘画钟山图,还要听到开善寺的僧友呼唤"居士"(诗人自称)。可知,苏轼对钟山及友人的深情厚爱。

六朝古刹开善寺，明初叫蒋山寺。明太祖朱元璋相中了这块风水宝地，敕定在此建自己的陵寝，于是将蒋山寺连同宝公塔迁移到钟山之东南幽谷，更名灵谷寺。灵谷寺的范围很大，曾有梅花坞，惜在清咸丰年间被战火荡为平地。民国初，在寺址建北伐阵亡将士公墓，又将寺址上的龙神殿改为灵谷寺。中华人民共和国成立后，将此处辟为灵谷公园。那里丹桂满植，成了金秋游客的赏桂胜地。

灵谷寺 明版画

如今南京最佳的赏梅胜地已从梅花坞转移到了梅花山。梅花山，古称孙陵岗，又叫吴王坟，是东吴大帝孙权陵墓所在地。相传明太祖朱元璋在玩珠峰建陵时，因孙陵岗在其神道的位置上，便改一般神道笔直的规制,绕岗取弯曲状布局,使吴王坟完好无损。1944年,汪伪政府头目汪精卫在日本病亡后葬在了孙陵岗。抗战胜利后,炸毁汪墓,在岗上岗下广植梅树。于是,孙陵岗变身梅花山,也就将"灵谷梅花坞"取而代之了。

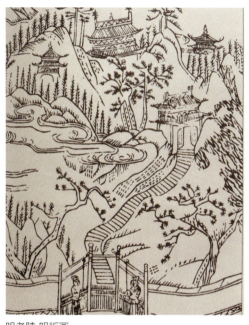

明孝陵 明版画

当然,孙陵岗仅是明孝陵领地的一隅。明孝陵规模宏大,具有特殊的象征意义。清康熙帝、乾隆帝数次南巡,每到江宁(南京),必谒孝陵,写下了不少诗篇。康熙帝第三次谒陵时,还御书"治隆唐宋",称赞明太祖政绩超过了唐太宗、宋太祖。但当年明太祖为自己建陵而强行迁寺之举,后人也屡有评说,乾隆帝第六次谒陵及访灵谷寺时,作诗《灵谷寺》即说此事,引之为结。

苏轼 清人绘

苏轼(1037—1101),字子瞻,又字和仲,号东坡居士,眉山人,北宋文学家。他是嘉祐二年(1057年)的进士,虽在朝廷作官数次遭贬,而在文学方面的成就很了不得。他与其父洵,其弟辙合称"三苏";在作文上与韩愈并称"韩潮苏海";在作诗上与黄庭坚并称"苏黄";在作词上与辛弃疾并称"苏辛",是历史上影响深远的文学巨匠。他晚年有意终老钟山,曾在《上荆公(注:王安石)书》中云:"某始欲买田金陵,庶几得陪杖屦,老于钟山之下",终未能如愿。

灵谷寺

建陵故迁寺,儒释典俱违。
儒固乖忠恕,释仍有是非。
旧名殊杳杳,新景自依依。
暂向匡床坐,那看花雨霏。

三百年来几覆舟

"三百年来几覆舟",出自南宋诗人曾极的诗作《覆舟山》。

覆舟山,因山形似倒扣的船体而得名,又因山南麓曾有小九华寺,又被民间叫作小九华山,久而久之便简称为九华山了。

覆舟山,是钟山余脉延伸入城的第一山丘,主要为石英砂、砾岩构成,海拔仅61米,面积也只有0.3平方公里。据《至正金陵新志》载:"此山(覆舟山)与钟山,形若断而脉实连。两山之间,土中有石,山之骨也。"

覆舟山东接青溪,北临玄武湖,虽山体不大,但位置极佳。登临山巅,湖光山色尽收眼底。它既是城市的屏障,亦是六朝皇家游宴作乐的场所,南朝宋时还在山上建起了乐游苑,又在苑中立甘露亭,供群臣露宴。

九华山景

东晋文学家谢混有一首《游西池》,描绘了令人心旌激荡的山景。

甘露亭

游西池

悟彼蟋蟀唱,

「彼:指示代词"那"」

信此劳者歌。

「劳者歌:《诗经·小雅·伐木》是劳动者的歌」

有来岂不疾,

「有来:表示岁暮。疾:飞快」

良游常蹉跎。

「良游:美好的出游」

逍遥越城肆,

「城肆:城内的集市」

愿言屡经过。

「愿：希望。言：语助词」

回阡被陵阙，

「回阡：盘旋缠绕的草木。被：同"披"」

高台眺飞霞。

惠风荡繁囿，

白云屯曾阿。

「屯：停聚。曾：语助词。阿：山岗」

景昃鸣禽集，

「景：通"影"；景昃：太阳偏西」

水木湛清华。

「水木：水边的树。清华：鲜艳的花」

褰裳顺兰沚，

「褰：提。兰沚：兰花盛开的水岸」

徙倚引芳柯。

谢混（？-412），字叔源，小字益寿，陈郡阳夏（今河南太康）人，系东晋宰相谢安之孙、山水诗派鼻祖谢灵运之族叔，善诗文。他曾历任中书令、中领军、尚书左仆射等职，后被刘裕所杀。钟嵘《诗品》评其诗作："其源于张华，才力苦弱，故务其清浅，殊得风流媚趣。"他的著作5集已佚，今存诗4首，收入《先秦汉魏晋南北朝诗》之中。

「徘倚：徘徊。柯：树枝」

美人愆岁月，

「愆：耽误」

迟暮独如何？

无为牵所思，

南荣戒其多。

「南荣：人名，庚桑楚的弟子」

　　谢混的这首诗，在玄言诗盛行的时代脱颖而出，成为了山水诗派的先声。该诗的遣词造句，或多或少还受玄言诗的影响，比较深涩，为此笔者也就多做了一些注释。在这首诗里，诗人将记游与感悟融在了一起，十分难得。诗中的"城肆"，是古诗词中最早提到金陵商业街。"逍遥越城肆，愿言屡经过"，诗人如此轻松自在四处逛街，还想着要经常去逛，太有意思了。诗中的"景昃鸣禽集，水木湛清华"，更是呈现出"众鸟暮归林、花木清幽香"的美好景色，亦成了传用至今的金句，清华大学的"水木清华"多半源于此吧。

　　六朝人写覆舟山的著名诗词，除了这首《游西池》外，再有就是鲍照的《侍宴·覆舟山》（二首），这里选其一。

侍宴·覆舟山

息雨清上郊，

开云照中县。

游轩越丹居,

「丹居:代指宫殿」

晖烛集凉殿。

「凉殿:凉爽的宫殿」

凌高跻飞櫩,

追焱起流宴。

抵苑含灵群,

岩庭藏物变。

「指藏冰洞(又称冰井)」

明辉烁神都,

丽气冠华甸。

目远幽情周,

醴洽深恩遍。

鲍照的这首诗与《游西池》一样,也是写山中皇家贵族宴乐生活的。其实六朝的覆

鲍照(约416-466),字明远,祖籍东海(今山东郯城),久居建康(今南京)。他初为临川王国侍郎,迁秣陵令、中书舍人,官至临海王刘子顼前军参军,因临海王叛乱兵败被杀,世称"鲍参军"。他擅诗歌,与谢灵运、颜延之并称为"元嘉三大家",著有《鲍参军集》。他的诗作气骨雄健,词采华茂,尤其是七言诗,至唐代仍有较大影响。

三藏塔

舟山，精彩多多：东晋王羲之在祭坛上书写祭文，笔锋遒劲透入"祝版"，造就了成语"入木三分"；科学家祖冲之在山上装置水碓磨，发明"千里船"，还与北魏索麟驭比赛试制指南针；龙光寺有高僧竺道生，世传"生公说法，顽石点头"，演绎过"一龙生天"之景象……还要说明的是，覆舟山是春秋时期的名字，到了六朝曾先后改称玄武山、龙山、龙舟山。那么，六朝人写此山为何还要称之"覆舟山"呢？水能载舟，亦能覆舟，"覆舟"，是恶运之名呀！这只是现代人的观点。在风水堪舆术中，山如"覆舟"状，则寓意着吉祥。因此，到了隋唐，此山又复名为"覆舟"了。本文开首提到的《覆舟山》诗，是南宋诗人曾极《金陵百咏》中的一首。所谓《金陵百咏》即收录诗人100首题咏南京名胜古迹的七绝诗。这些七绝诗中，大多加有"小引"介绍景物及其地理位置，堪称是最早的南京导游指南了。且读一读这首《覆舟山》。

覆舟山

在城北五里，晋北郊坛、宋药园垒、乐游苑、冰井、甘露亭皆在此山。

六代兴亡貉一丘，
繁华梦逐水东流。
操蛇神向山前笑，

[蛇神：山神]

曾极（约1168-1227），字景建，临川（今江西抚州）人。他曾问学理学家朱熹，与江湖派诗人多有交往。在宋理宗宝庆三年（1227年）江湖诗案中，因其诗句"九十日春晴景少，一千年事乱时多"被指为谤毁时政，贬至湖南春陵，不久便死于此处。他曾游览金陵，作七绝诗百首，今有《金陵百咏》存世。

三百年来几覆舟。

这首《覆舟山》的最大亮点,是诗人巧妙地运用"覆舟"的双层含意,借古讽今,将历代昏君都比作一丘之貉,连山神都忍不住要讥笑一番了。俱往已,六代金粉"繁华梦"均"逐水东流"而去。

时过境迁。昔日的覆舟山、而今的九华山,保存着甘露亭等历史遗迹,还有现代建设的三藏塔、玄奘寺等,以"九华丹青"的美姿傲世,在1984年被评为"金陵新四十景"之一。

石头巉岩如虎踞

在"钟山龙盘走势来"一文中,讲到了李白的《金陵歌送别范宣》。诗中的"石头巉岩如虎踞",指的是与"钟山龙盘"相对应的"石城虎踞",也就是石头山。

石头山,是钟山延伸入城至西端的余脉,海拔63.7米,由赭红色砾岩及暗红色细砂岩构为山体,略呈圆形,被大小10余座山丘环绕。据清《同治上江两县志》记载:"自江北而来,山皆无石,至此山始有石,故名。"

石头山,堪称南京城的发祥地。早在战国时期,楚威王在此建金陵邑,使之成了南

刘禹锡 清人绘

刘禹锡(772-842),字梦得,彭城(今徐州)人。他是贞元九年(793年)进士,官监察御史,因参加革新集团屡遭贬谪,晚年迁太子宾客,故称刘宾客。他诗文俱佳,与柳宗元并称"刘柳",与白居易并称"刘白",与韦应物、白居易合称"三杰",享有"诗豪""小诗之圣"之誉。

京城的首个行政建置。东吴时在金陵邑旧址上筑城,城随山名,叫石头城;山又因城易名,称石城山(这里原为江畔之山),军事地位十分重要,乃兵家必争之地。随着长江西移,石城山逐渐失去要塞功能,进而转型为文化意韵留香。待到南唐在山中建避暑行宫及清凉禅寺,山名又因寺而变,叫清凉山。这样的一座城市历史标志之山,自然少不了文人雅士的诗文,而且多为咏史怀古的作品。其中唐代诗人刘禹锡的《石头城》很有代表性。

石头城

山围故国周遭在,潮打空城寂寞回。

淮水东边旧时月,夜深还过女墙来。

诗人描绘了石头城的山、水、月、墙,看似在写景,实则无不在抒发六朝已逝、山形依旧的感慨。那山围、潮打的"空城",是多么的寂寞;那秦淮河东旧时的月光,夜深了方爬进残缺的墙垛,这样的一个"片言可以明百意,坐驰可以役万景"的意境,实在令人回味无穷。

此首《石头城》,是诗人《金陵五题》的首题,另四题依次为《乌衣巷》《台城》《生公讲堂》《江令宅》。有意思的是,他在《金陵五题》的"引"中记:"余少为江南客,而未游秣陵(即南京),尝有遗恨。后为历阳（即安徽和县）守，跂而望之。适有客以《金陵五题》相示，逌而生思，欻然有得。"也就是说，他写《金陵五题》之前从未到过南京，仅"跂而望之"，全凭自己对六朝古都的了解和憧憬而写，竟成为影响深远的金陵咏史诗代表作。白居易阅后赞道，好诗已让你作完了，我等用不着再写了。刘禹锡还有一首写石城山的诗作《西塞山怀古》，亦是脍炙人口的咏史作品。

西塞山怀古

王濬楼船下益州，金陵王气黯然收。

「益州：今成都」

千寻铁锁沉江底，一片降幡出石头。

人世几回伤往事，山形依旧枕寒流。

今逢四海为家日，故垒萧萧芦荻秋。

诗题中的"西塞山"，在今湖北大冶之东的长江边，是六朝有名的军事要塞。刘禹锡由夔州刺史调任和州刺史，泛舟沿江东下。他途经西塞山时，想到了东吴王朝在建业（即南京）被灭的战役，深有感触。待到他罢和州刺史应诏回洛阳之前，总算找到了机会畅游南京，圆了《金陵五题》的梦，也就更有所感，这也是他唯一一次来南京。他晚年与挚友白居易等交游赋诗，生活闲适。据说，有一次他与元稹、韦应物等在白居易家中聚会，相约各作一篇咏六朝兴衰的怀古诗。他想到了那次泛舟途经西塞山的感触,一挥而就《西塞山怀古》。

本诗开首便直奔那场古战事:西晋大将军王濬率战船从益州直下,来势汹汹,干净利落地将金陵王气给收了。要知道,益州到建业相距遥遥,就这么一"下"一"收",何等霸气、何其神速。当年,东吴亡君孙皓曾在江中置铁锥、加铁锁,以为可以御敌,哪知经不住王濬战船的摧枯拉朽,呈现出"一片降幡出石头"的景象。诗人仅用了4句诗词,就洗练、快节奏地描绘了决定一个王朝存亡的战争,读之犹如穿越时空。清代屈复在《唐诗成法》中评点了此诗:"前四句止就一事言,五以'几回'二字括过六代,繁简得宜,此法甚妙。"也就是说,"人世几回伤往事",

王濬智取石头城 明版画

南唐清凉山 清版画

咏的是六代事迹,叹的是"枕寒流""芦荻秋"。

那么在六朝史事中,诗人何以偏偏选中了"西晋灭吴"来吟诵呢?这多半是因东吴为六朝之首,初闪"金陵王气"而灭,具有

萨都剌 清版画

萨都剌(约1272-1355),字天锡,庵号直斋,蒙古族人(一说回族人),出生于雁门(今山西代县)。其先世是西域人。他是泰定四年进士,授应奉翰林文字,擢南台御史,累迁江南诸道行台侍御史等职。他曾移居金陵,晚年则迁居杭州。留有《雁门集》。

代表性。而他在《金陵五题》之《台城》中又咏:"台城六代竞豪华,结绮临春事最奢。万户千门成野草,只缘一曲《后庭花》。"这是以六朝之尾作结束,说的是陈后主在《玉树后庭花》的靡靡之音中亡国。

以石头城为引的咏史怀古诗词众多,大都写的是六朝,也有延伸到南唐的。元代诗人萨都剌的《念奴娇·登石头城》,纵横吴楚至南唐的历史,写得很有意境,而且通俗易懂,无须意译。他是蒙古族人,但文字表达与汉族作家已无二致。这表明各民族在长期的融合中已具有共同的文化意识,形成了一个大家庭。

念奴娇·登石头城

石头城上,望天低吴楚,眼空无物。指点六朝形胜地,惟有青山如壁。蔽日旌旗,连云樯橹,白骨纷如雪,一江南北,消磨多少豪杰。

寂寞避暑离宫,东风辇路,芳草年年发。落日无人松径里,鬼火高低明灭。歌舞樽前,繁华镜里,暗换青青发。伤心千古,秦淮一片明月。

雨花台下百花香

雨花台，海拔仅 50~70 米，是为岗地，位于明城墙中华门外。清代文人王友亮的《金陵杂咏》中有诗《聚宝山》，诗中"小引"，对其做了介绍。

雨花台 清版画

聚宝山

南门外，山石多如玛瑙，故名。雨花台在其上，南门即杨吴故城，明改名聚宝门。

爱此陂陀路，铿然曳杖声。

石多含宝色，山亦获佳名。

烟树四时景，雨花千古情。

只嫌群屐杂，半里接南城。

如果说南宋曾极的《金陵百咏》可称作最早的南京导游指南，那么 500 多年后的《金陵杂咏》就是继承者了。王友亮的"杂咏"不同于曾极"百咏"的七绝体，而是有五绝体也有七绝体等，风格各异；也未追求百首整数，而是多达263首，其中231首有诗题"小引"。当然，每首诗的诗题都极为简洁，与现代的导游指南还是有相当大差距的。这首《聚宝山》亦然，诗题中"雨花台在其上"的说法也有局限。

实际上，聚宝山也好，雨花台也好，在古代是一个地理概念，所指的岗地范围很大。它初称长陵，后来又名成子阁、石子冈、石子坑等。到了东晋，被称作石子罡，因豫章内史梅赜家居岗下，又叫梅岗。唐代，取南朝云光法师"雨花说法"的传说，称其讲经之"台"为雨花台，其山为雨花山。王友亮诗题的"雨花台在其上"，多半由此而来。元明时，雨花山改称聚宝山，或叫戚家山、雷家山，城南门"明改名聚宝门"之说，亦由此而来。一直到清代，那一带方统称为雨

> 王友亮（1742-1797），字景南，号葑亭（亦作葑町），又号东田，江西婺源人。他从小随父迁居江宁，视南京为第二故乡，是乾隆年间的进士，授刑部主事，官至通政司副使。他长于史学，又颇有诗才，与袁枚、姚鼐等著名文人学士均有唱酬交往，著有《双佩斋集》6卷、《金陵杂咏》200余首等。

花台。

　　雨花台主要有三座山峰，因山峰顶部都呈平台状，故均冠以"台"字。如东南峰叫东岗台，又叫东岗。东岗和中岗相连，西岗则孤立于数里之外。乾隆帝下江南时曾到西岗观赏菊花，御笔题名"菊花台"。现在的雨花台范围，已规定得很具体，是指东岗和中岗，不包括西岗及附近的小山岗。

　　《聚宝山》诗中的"石多含宝色"，指的是色彩斑斓的雨花石。此山之所以有如此宝藏，是因为大约二三百万年前，古长江及淮水上游冲刷下来的砾石沉积于此。这些砾石种类繁多，其中就有由蛋白质、石英质、玛瑙质等成分组成的雨花石。随着地壳变动，古河床逐渐隆起，那一带上升为山岗，也就形成了古长陵了。

　　《聚宝山》诗中的"烟树四时景"，确

方孝孺 清人绘

也如此。四季的雨花台都有历代诗人留下"群屐"和诗篇。宋人贺铸阳春三月与友人上山，吟诗《游金陵雨花台》，中有"东风石子冈，芳草微径绝"。明人孟洋作诗《雨花台》，"初夏登临花未稀，一春多恨赏心违"。清人黄景仁作诗《雨花台》，"秋天多雨势，江水更风寒"。明人陈沂作诗《登台遇雪》，"梁主台前雪，依然见雨花"。雨花台，有着唱不完的"烟树四时景"。

雨花台又是一座英雄的山。它处于城市的南大门旁，且为高岗，历来是兵家必争之地。这里还埋有无数的忠骨，最典型的为明代忠臣方孝孺。他决不向"靖难之役"上位的朱棣帝称臣，遭满门抄斩，被葬于雨花台。他慷慨就义前留下的《绝命赋》，世代相传。

绝命赋

天降乱离兮，孰知其由？

奸臣得计兮，谋国用犹。

「犹：亦指奸臣」

忠臣发愤兮，血泪交流。

以此殉君兮，抑又何求！

呜呼哀哉，庶不我尤！

「尤：责怪，归咎于」

民国时期，这里变成了杀害革命志士的刑场，十多万先烈"血沃雨花"。青山有幸埋忠骨。中华人民共和国成立后，兴建了恢宏的雨花台烈士陵园，其规模为全国革命烈士陵园之最，被收入《全国红色旅游经典景区名录》。

现在的雨花台，已成为著名的风景名胜区。区内除了烈士陵园外，还修复、新建了方孝孺衣冠墓、二忠祠、木末亭、清乾隆御碑、江南第二泉、雨花阁、雨花石博物馆等，可谓旧貌换新颜。忽而想到南宋诗人苏泂在《金陵杂兴》诗组中的一首写雨花台的诗：

> 雨花台下百花香，
> 驻马坡前百草长。
> 若还谷熟人民乐，
> 依旧风流好建康。

苏泂（1170-？），字召叟，山阴（今绍兴）人。他出身在一个官宦之家，与诗人陆游是同乡，曾师从陆游学习写作诗词。陆游曾给予他"才华刮眼膜，文字愈头风"的评价。他的祖上与南京有不解之缘。受其影响，他多次往返南京，对南京有特殊感情，并以组诗《金陵杂兴》著称。《金陵杂兴》计诗200首，是同时代曾极《金陵百咏》篇数的一倍，美中不足的是各诗无题，也未作诗题小序，在一定程度上减少了其文献及导游价值。

雨花台烈士陵园群雕像

　　苏洞生活在社会动乱的年代。在诗中,他看到"百花香"与"百草长"的反差景观,既伤感又怀揣梦想,"若还谷熟人民乐,依旧风流好建康",应该说,他的这个愿景而今业已实现。

栖霞山中子规鸟

栖霞山,位于城东北约20公里处,海拔284.7米,周围约17公里,系宁镇山脉在南京境内的北支之一。此山古称摄山,据《万历上元县志》载"山多药材,可以摄生,故名";又因其重岭似伞,亦叫伞山;还因南朝以前此处常有猛虎为患,一度称作虎窟山。

栖霞山由三个山岭组成:东峰形似卧龙,称之龙山;西峰势若伏虎,叫作虎山;中峰为凤翔峰,清乾隆皇帝南巡曾驻跸于此。这个在位60年的乾隆皇帝,一生喜好作诗题词。他六下江南,五次驻跸栖霞山,为其写诗119首,书楹联、匾额50余幅等。他的一首《游栖霞山》,第一句便赞其为"第一金陵明秀山",可见他对此山何等偏爱,是它的忠实粉丝。

栖霞山上林木繁茂,尤多枫树,深秋叶红,层林尽染,美不胜收。清代文人王友亮在《摄山》中记:"秋时人多看红叶于此。"又有

栖霞山全景 明版画

无名氏词云:"放目苍崖万丈,拂头红树千枝。"此情此景,塑造了独一无二的"秋栖霞"形象。唐代诗人顾况的《摄山》,极具代表性,录之。

摄山

栖霞山中子规鸟,

［子规鸟:杜鹃鸟的别称］

口边出血啼不了。

山僧后夜初入定,

闻似不闻山月晓。

诗中的"子规鸟",传为蜀帝杜宇的魂魄化身,叫声哀切,叫到口中出血方止。想象一下,千树万树"啼不了",直叫得血染枫叶、漫山红遍,那是怎样的一种景观呀。诗中的"山僧",则在无休无止的喧闹中"闻似不闻",甘于寂寞,淡然入定,不经意间已至"山月晓",那又是怎样的一种超然形象呀!

历代诗人写栖霞山,总会提及"山僧"。

> 顾况(730—806),字逋翁,号华阳真逸,晚年自号悲翁,苏州海盐(今属浙江)人。他是唐至德进士,曾任著作郎,后因作讽诗得罪权贵,贬为饶州司户参军,一生官位不高,晚年隐居茅山。其诗风格平易,常以方言口语入诗,有《华阳集》留世。

这是因为栖霞山本就是一座佛教名山,包括摄山之名也因山中有栖霞寺而改随寺名。这缘于南朝时有一位名士叫明僧绍,隐居于山中。明僧绍饱学而不愿博取功名,南朝齐武帝7次下诏书征他为官,均遭其拒绝,被尊为"征君"。之后,明僧绍结识了来摄山讲经的法度禅师,舍宅为寺,因他号栖霞,故寺被称作"栖霞精舍"。著名的江南三论宗祖庭即栖霞寺。

栖霞寺,坐落在栖霞山中峰的西麓。庙宇的一侧为千佛岩,又称千佛岭,也叫千佛崖,是南京唯一的六朝佛像石刻遗迹。起缘于明僧绍二子明仲璋与法度禅师,在纱帽峰石壁开凿无量寿佛及观音、势至二菩萨,其石窟名"无量殿"或"三圣殿"。自此,齐、梁两朝皇室、贵族相继在此凿石造像,遂成千佛岩。清代文人汤濂作诗《千佛岭》:

栖霞寺诗意图 晚唐画家董其昌绘

"凿石以为佛,一石化为千。我仍作石观,静参云中禅。"这首诗是他的《金陵百咏》之一。该《金陵百咏》与南宋曾极的《金陵百咏》一样,也有诗一百首,不同的是均为五绝体,而非曾极的七绝体。

在千佛岩与庙宇之间,有舍利塔一座。此塔是立寺100余年后建设的,原为五层方式木塔,南唐重建时改为石塔,保存至今,被列为全国重点文物保护单位。其缘于隋文帝杨坚登基后下的一道诏令。据《同治上江两县志》载:"相传文帝遇异尼,得舍利数百颗,分八十三州,各树塔,蒋州(今南京)

汤濂(1793-?),字蠧仙,自号金陵诗疯子、诗疯、贩云翁、石居士、山水馋客,南京江宁人。

他从小生长在南京,家境殷实,喜好游山玩水,吟诗作文。其人正如他的自挽联语:"此去无是无非、无烦恼、无挂碍、无贪嗔、无痴爱,一无所有;今生好石好书、好花木、好著述、好山水、好诗字,诸好皆空。"他的作品众多,不仅写有《金陵百咏》,还著有金陵《四十八景》。后人将其著作汇辑为《汤氏丛书》;在丛书中,又将《金陵百咏》和《四十八景》合为一卷,称作《金陵百四十八景》。

隋文帝下令分送舍利 明版画

其一也。"在其《立舍利塔诏》中曰："分道送舍利,先往蒋州栖霞寺。"隋文帝为何"分道送舍利,先往蒋州栖霞寺"？这多半与明僧绍的"征君"名气有关。200余年后,唐高宗李治为其树碑立传,亲自撰写了2376字的《明征君碑》碑文。此碑历经千年,至今仍保存完好(仅残损13字),立于寺院之中,也被列为全国重点文物保护单位。汤濂的《金陵百咏》有诗咏《明君征碑》："亦尧之外臣,征君志高尚。至今摄山云,世人引领望。"

由此而观,千佛岩也好,舍利塔也好,《明征君碑》也好,均可追溯到舍宅为寺的明僧绍。明僧绍的"征君"之誉,史上少有。前面提到的乾隆皇帝,有《游栖霞山》诗,"梵业镌碑尚隋代,净因舍宅自齐贤。更谁凿壁名纱帽,只恐平愿意未然。"讲的就是其人其事其碑。有意思的是,晚唐诗人皮日休有首《游栖霞寺》,题为游寺,实际写人,且写的不是寺庙高僧,而是居士"明征君"。

　　游栖霞寺
　　不见明居士,空山但寂寥。
　　白莲吟次缺,青霭坐来销。
　　泉冷无三伏,松枯有六朝。
　　何时石上月,相对论逍遥。

> 皮日休(约834—约883),字袭美,一字逸少,道号鹿门子,复州竟陵(今湖北襄阳)人。他是唐咸通进士,任著作郎、太常博士,后参加黄巢起义,或言"陷巢贼中",任大齐翰林学士,在黄巢起义失败后不知所踪。他的诗文与陆龟蒙齐名,世称"皮陆",有《皮子文薮》留世。

青龙山前石一方

"青龙山前石一方",出自清代名士袁枚的《洪武大石碑歌》。其中的"石一方",明明是指阳山上的孝陵碑材,为何要扯上青龙山呢?这到底是怎么回事?

先来说说青龙山。它位于江宁的东北部,因山势迂回曲折,山石青绿,与相邻的黄龙山成二龙竞走态势,故名。清代诗人王友亮的《金陵杂咏》中收有《青龙山》一诗:

频年斧凿痕,不顾云根断。
呈奇适自戕,为尔兴三叹。
人来野鹿惊,人去山禽唤。
临涧采蘼芜,春风尚堪玩。

诗歌呈现出一片古采石场的场景。据有关史料载,明初,这里的山石已被皇家建筑广泛使用,包括宫殿、城墙、孝陵等。此诗的诗题也有记录,"人多取石于此"。

狭义的青龙山仅为宁镇山脉西端的南支之一。广义的青龙山则涵括了那一带的低山丘陵岗地,中有阳山、汤山、射乌山、黄龙山、大连山等。也可以这么理解,青龙山与"石一方"所在的阳山,本身就是"邻居"。

再来说说阳山。阳山,因山势与山西雁门山相似,古称雁门山,乡人则称之为空山或孔山,南京话"空""孔"同音。它海拔

341.9米，是那一片低山丘陵区的最高峰。从南京东郊城门向东远远望去，其山峰双峙，酷似羊角，故称作羊山或阳山，"羊""阳"谐音。

阳山为石灰岩山岗，石质坚硬，色泽纯青，和青龙山一样也是古采石场。这个采石场以被弃之不用的孝陵碑材著称。碑材分为3大块，用作碑额、碑身、碑座，均依山开凿，大体凿就。这3块碑材庞大无比，仅横卧在地面的碑身，就长49.4米、宽10.7米、厚4.4米，大约有8799吨重。以此测算，碑额、碑身、碑座组合起来，可高达70多米。明代大学士胡广曾写《游阳山记》："仰见巨石，穹然城立"，登至碑石之巅，顿时"心悸目眩，不能下视"。

此处碑材，据清《同治上江两县志》记载为成祖朱棣为其父太祖朱元璋纪功而开凿。成祖朱棣是以"清君侧"之名举兵取得帝位的。他登基后做过两件事：一为兴建金陵大报寺塔，"以扬先皇太后之德"；一为下令开凿阳山碑材，要为先皇在孝陵树一座"大明孝陵神功圣德"碑，以表达孝心和宣示正统。这座碑的制作最终"另起炉灶"，立了明孝陵的四方城。碑文由朱棣亲撰，长达2746字，历数了明太祖功德。这通碑高仅8.87米，大小虽只是阳山碑材的零头，但已是南京现存的最大的一通石碑了。至于阳山碑材为何弃之不用，有多种说法。有人说，这本身就是朱棣做的一场秀；也有人说，即使要用，也无法将之运到明孝陵。要知道，为开凿石碑，死掉很多民工，以至于阳山脚下有了个坟头村。好在阳山凿碑没有继续下去，否则不知又会增加多少冤魂。南京流传着一则民谣："东流到西流，锁石锁坟头。东也流，西也流，就是搬不走。要搬这石头，除非山搬走。"

阳山遗存的孝陵碑材，成为了天下奇观，引得众多名人雅士前往观看。明代大学士杨荣写有一首《阳山孝陵碑材》，记录了他前往阳山的所见所闻。

阳山碑材之碑座

阳山孝陵碑材

退朝联骑出严关,晓雾濛濛拂面寒。
村落喜从行处见,江山如向画图看。
岩松凝翠森晴益,篱菊浮香簇画图。
高祖圣灵端有在,穹碑万古树巉屼。

本文一开始讲到的《洪武大石碑歌》,是吟唱孝陵碑材的又一代表作。作者袁枚曾任江宁知县,晚年也是在南京自筑的随园度过的。他对阳山有着特殊的情感,在他的三妹袁机去世后,袁枚选择此山将其安葬,并写下《祭妹文》。此文情真义切,具有极高的文学价值,与韩愈的《祭十二郎文》、欧阳修的《泷冈阡表》并称为中国古代三大祭文。他的《洪武大石碑歌》是一首叙事诗,

阳山碑材之碑额

诗中将碑材的方位、形状、用途、开凿之艰辛、废弃后之命运等吟唱得极为详尽。有趣的是，现代人发现了诗中的几处疏漏。例如，题中称"大石碑"，实际应为"碑材"；又如，碑材是在阳山中，非在"青龙山前"；再如，碑材实有3大块，偏偏说成"石一方"。其实，袁枚熟悉阳山的一草一木，哪会有疏漏呢？说起孝陵碑材，乡人向来就称作"汤山大石碑"。阳山西接青龙山，山中尤以用作碑身的石材惊世，岂不是"青龙山前石一方"吗？

袁枚的这首诗较长，原拟删节刊出，只因句句出彩，还是将其完整地呈现给大家。

洪武大石碑歌
青龙山前石一方，
弓尺量之十丈长。

明孝陵神功圣德碑

两头未截空中央,

旁有赑屃形更大。

「赑屃:龙生九子,此其一」

直斩奇峰为一坐,

「坐:通"座"」

欲负不负身尚卧。

相传高皇开创气概雄,

欲移此碑陵寝中。

大书功德告祖宗,

压倒唐汉惊羲农。

碑如长剑青天倚,

袁枚 清人绘

袁枚(1716-1797),字子才,号简斋,晚年号仓山居士、随园老人,浙江钱塘(今杭州)人。他是乾隆四年进士,历任溧水、江宁、江浦、沭阳知县,辞官后筑随园于南京小仓山,著述以终,世称随园先生。他倡导"性灵说",为乾嘉时期代表诗人之一,与纪晓岚有"南袁北纪"之称,其著作有《小仓山房诗文集》《随园诗话》《随园食单》《子不语》等。

十万骆驼拉不起。
诏书切责下欧刀,
「欧刀:这里指行刑的刀或剑」
工匠虞衡井中死。
「虞衡:古代执掌山川的官员」
芟刈群雄苔八荒,
「芟刈:意为割、斩(稼禾、树木),这里引申为杀戮」
一拳顽石敢如此。
周颠仙人大笑来,
「周颠:明代奇人,有姓无名」
天威到此几穷哉!
但赦青山留太朴,
胜扶赤子上春台。
丁丁从此亭开凿,
「亭:同"停"」
夜深无复山灵哭。
牧竖宵眠五十牛,
「牧竖:放牛娃」
村氓尽晒三千谷。
「村氓:村民」
材大由来世莫收,
此碑千载空悠悠。
昭陵石马无能战,
汉代铜仙泪不流。
「铜仙:铜制捧露盘的仙人」

吁嗟呼！君不见

项王拔,

「注：出自项羽《垓下歌》"力拔山兮气盖世"」

始皇鞭,

「注：出自秦始皇"赶山鞭"传说」

山石何尝不可迁？

威风一过如轻烟。

惟有茅茨土阶三五尺，

至今神功圣德高于天。

牛首诸山肯尔高

牛首山,或为牛头山,海拔242.9米,因双峰角立形如牛首而名。它是宁镇山脉西段南支之一,逶迤于长江和秦淮河之间,北连翠屏山,南接祖堂山,相邻的有将军山、隐龙山诸山。旧时,人们习惯于将这些大小山头统归于牛首山山脉。

寺庙林立的牛首山 明版画

牛首山还有一个美称,名天阙山。这缘于司马睿在南京建立东晋王朝后,拟在都城正南宣阳门外建双阙,以示至尊的皇权。丞相王导以为政权草创,财力不足,不宜大动土木。他在一次陪元帝出宣阳门南望时,被远处两峰对峙的牛首山吸引,指着说:"此天阙也,岂烦改作!"元帝心领神会,采纳了他的意见。

清代诗人王友亮的《金陵杂咏》"牛首山"诗题中有明晰的记录:"城南三十里,旧名牛头山。双峰秀起,面晋宣阳门。王导指曰'此天阙也',故又名天阙山。"

南唐诗人朱存著有《金陵览古诗》2卷,

其中的《天阙山》颇有幽默感。

> 天阙山
> 牛头天际碧凝岚,
> 王导无稽亦妄谈。
> 若指远山为上阙,
> 长安应合指终南。

「终南:西安城南的终南山」

在朱存看来,王导指认牛首山是"天阙"有点搞笑。如果说牛首山为东晋京城的"上阙",那么终南山岂不是唐代长安的"终阙"了?

南宋诗人杨万里在寒食节(清明节前1日或2日的传统节日)前走过牛首山,写有一首《寒食前一日行部过牛首山》诗,记录了去牛首山的路径,也抒发了自己对东晋以来六朝的仰慕,以为牛首山因"六代英雄骨"方格外高大。

> 杨万里(1127-1206),字延秀,号诚斋,吉州吉水(今江西吉水)人。他是绍兴二十四年进士,官至宝谟阁直学士。他创造了清新自然、富有幽然感的"诚斋体",以七言绝句见长。与陆游、范成大、尤袤合称南宋"中兴四大诗人",著有《诚斋集》等。

寒食前一日行部过牛首山其四

出了长干过了桥,

纸钱风里树萧骚。

「萧骚:风吹树发出的声音」

若无六代英雄骨,

牛首诸山肯尔高。

南京有句老话,"出了南门尽是事(寺)"(南京方言"事"与"寺"谐音),而在这首诗中,透露了"出了长干过了桥",不仅尽是寺庙,亦有众多墓地的信息。由此可以想象,市民扫墓之余少不了去踏青,上哪里

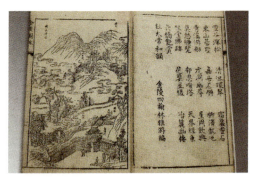

朱之蕃《金陵图咏》天启刻本书影

踏青?风景独好牛首山。朱存的《天阙山》中,不也有"牛头天际碧凝岚"之赞吗?"春牛首",成为了南京的民俗。

明代太史朱之蕃著《金陵四十景图考诗咏》,他给牛首山景图题为"牛首烟岚"并诗咏,将其景致描绘得淋漓尽致。自此,牛首山又

有了一个"艺名":牛首烟岚。

牛首烟岚

天南双阙势崔嵬,遥送清芬扑面来。
百折千盘纡磴道,峰腰崖顶叠楼台。
微云欲起轻阴转,片月初升积翠开。
对岭启窗看变态,依稀蜃气接蓬莱。

"牛首"何以"烟岚"?有人说,牛首山春秋时节雾雨朦胧,烟岚在双峰间飘来荡去,形成了独特的景象。也有人说,"牛首烟岚"实乃山中佛禅袅袅的青烟,在阵阵的烟岚中,似乎还能聆听到时隐时现的梵音。之所以有后一种说法,是因为牛首山是一个佛教胜地,它还有一个名字:仙窟山。

牛首山的梵音始唱于南朝刘宋年间。相传有位叫辟支的僧人在牛首山西峰的一洞窟中修行,"立地成佛,上天为仙",此石窟

> 朱之蕃(1548-1626),字元升,一作元介,号兰隅,上元人。他是万历年间状元,曾出使朝鲜,因擅长书画,其作品被朝鲜权贵争相求购。他辞官后返南京筑小桃园寓居,以书画啸咏自得,又自刊《金陵图咏》1卷,收录其咏金陵四十景诗。今莫愁路32、34号朱状元巷,即朱氏故居所在。

就被称作辟支洞。南京有民谣唱道:"方山顶上一冲田,小小吉山五个尖,祖堂有座无量殿,牛首山上出神仙。"最后一句讲的就是这件事。后在辟支洞旁建了佛窟寺,仙窟山之名源于此。唐贞观年间,高僧法融在牛首山佛窟寺研习佛典,创立了牛头宗。这也是在南京首创的佛教宗派,载入中国佛教史册。唐大历年间,代宗李豫"梦感"辟支佛要他在"峰顶修七级浮屠,梦醒后敕令修塔,这就是现在仍能一睹风采的宏觉寺塔。

烟岚牛首,不愧与梵教结缘。据了解,已收集的历代写牛首山的诗不少于500首。这些诗作大多涉及禅意,不妨择选些许明代诗人的诗词诗句,以共赏之。

宏觉寺塔 民国影像

王世贞《承大宗伯姜公少司寇李公邀同大司寇陆公少司徒方公陟牛首山有述》中有"云梯界危汉(注:银河),梵宇绘层峦。"胡经《游牛首山》中有"中有辟支洞,白日生云雷。"庞嵩《游牛首山》中有"菩提识灵种，宝塔凌虚台。"顾大典《牛首山》中有"塔影随梦幌，钟声清梵筵。"黄克晦《夜宿双峰方丈》中有"栖鹊寒移树，行僧夜叩关。"陈沂《经牛头山寺》中有"清梵空中听，丹楼画里看。"柴惟道《登牛首山》中有"磬声落崖谷，梵呗飘虚风。"方凤《卜算子·牛首山》中有"人静佛香清，僧定禅关掩。"皇甫汸《夏日登牛首山》中有"宁知禅寂处，曾是圣游年。"易震吉《清平乐·牛首山》中有"花岩深处藏僧，闲房一点龛灯。"胡汝嘉《为牛首山中名胜题的对联》中有"屐齿破云穿古洞"，"一勺寒泉塔影圆"。殷迈《牛首山阅楞严夜坐》中有"树影欲迷云度处，经声遥听月明中。"余孟麟《清明日登牛首山》中有"灯传白马残经后，寺倚青青暮雨前。"陈铎《自牛峰回》中有"更谢袈裟远相送，虎溪高谊不能忘。"

上天赐予双阙的牛首山历经沧桑，屡遭人为损坏，以至于为开采铁矿，致使其中一厥塌陷消失。2015年，牛首山为供奉佛顶舍利，利用矿坑兴建佛顶宫，以现代建筑将失去的一阙补上，还新建了佛顶寺、佛顶塔。而今，兴建了一个以佛文化为主题的牛首山风景区，呈现出"天阙双塔日照"之胜境，迎接着八方来客。

邻里相送至方山

方山，海拔208.6米，因其山势呈方形、山顶平坦而名；又因其像一颗硕大无比的印鉴，故又称作天印山。南京民谣唱的"方山顶上一冲田"，很形象地表述了山顶的形态。

方山美景

方山在距今1000万~300万年间发生过两次火山喷发，是一座典型的新生代玄武岩死火山。现在方山众多地段特别是山顶，仍存在着明显的火山地貌景观。1996年第三十届国际地质大会在北京召开，南京市旅游局邀请外国专家会后到南京来考察，他们指定要看的就是方山，可见方山在国际地理界相当有名气。

方山坐落在距南京城中华门四十里开外处，甚为偏僻，又因有死火山的背景，故披上了一层神秘色彩。早在东吴时，一位有着神秘色彩的太极仙翁葛玄，在方山设坛布道、炼丹修行，得道驾鸾鸟升天云游。据《建康实录·卷二》记载："帝重之，为方山立洞玄观。"他是道教灵宝派的祖师，为方山留下了葛仙洞、洗药池、炼丹井等名胜。宋代诗人杨备有诗《方山洞玄观》，将此事迹作了蛮有情趣的注释。

方山洞玄观

葛玄功行满三千，白日骖鸾上碧天。
留得旧时坛宇在，后人方信有神仙。

方山除了是历史悠久的道教圣地外，佛教于此也很盛行。六朝时山中有灵岩寺、东霞寺、宝积庵等众多寺庙。南宋乾道年间，秦地高僧善鉴来到方山，因敬仰南朝钟山的定林寺，请其额于此，建寺修塔。定林寺历经沧桑，屡建屡毁，唯其塔屹立不倒。此塔七级八面，为仿木结构楼阁式砖塔，塔的角梁等构件是就地取火山石制作的。令人惊叹的是，由于受地质及外力作用，塔身已明显向西北倾斜，倾斜度超过了世界著名的意大利比萨斜塔。而今，方山的定林寺已重新修复，寺塔也一直在维护中，游客可前往一睹风采。

这里，录明代诗人盛时泰《宿定林寺》一首，可从中回味方山寺院的那些已逝时光。

宿定林寺

乞食归来晚，云堂已闭关。

明月篱犬吠，经罢木鱼闲。

白板双扉启，青藜一杖还。

挑灯石岩下，跏坐小尘寰。

有点意外的是，在南京古时友人相送一直要送到方山。要知道，古代的交通极不方便，为什么送客要送到这么远的地方呢？原来方山脚下便是方山埭（注：埭是一种拦阻水的土堤坝），乃扼守出入南京城南方向的水路要冲。相传秦始皇凿山通淮泄王气的故事就发生在这个地方。当然那只是一个传说，实际上，是东吴孙权"绝秦淮立埭"，是为了调节水量，以供行船。这样的业绩非得贴金于秦始皇身上，是不是有点不公平？

有了方山埭，就有了码头、驿站和商市。建康人陪同挚友从中华门外登船南下，抵达方山埭已花去大半天时间，至少得在那里住一宿方可与友人惜惜相别。方山埭与前面说过的劳劳亭一样，成为了古人"送别"的著名场所。

定林寺斜塔

诗人往往也以此为素材创作,在南朝乐府中就有不少这样的作品。这里择其二,与大家共赏。

石城乐
闻欢远行去,相送方山亭。
风吹黄檗藩,恶闻苦篱声。
「篱:与"离"谐音」

丁督护歌
闻欢去北征,相送直渎浦。
「直渎浦:即方山埭」
只有泪可出,无复情可吐。

在众多方山"送别"的诗词中,南朝宋诗人谢灵运的《邻里相送至方山》最为有名,为人世代传诵。谢灵运是"山水诗派"的开创者,他的诗以情写景,以景抒怀,打破了东晋以来玄言诗的沉闷,给诗界带来了一股清流。他的《邻里相送至方山》,不是他送别友人,而是他被"邻里"送行。"邻里"一直将他送到方山,可见相互之间的感情很不一般。而他这次远行,是因受权贵排挤,被外派出任永嘉(今温州)太守。他郁闷怨愤,不舍离去,一路看到的"衰林""明月",恰如他的心境:自己积病已久,在政治上已无甚追求,却又不甘于就此在异乡沉沦,内心十分纠结。故只有期许同亲友共勉，常通音讯，以籍寂寞。

邻里相送至方山

祗役出皇邑，

「皇邑：刘宋都城建康」

相期憩瓯越。

「期：期望自己。瓯越：永嘉郡」

解缆及流潮，

「解缆：指开船」

怀旧不能发。

「怀旧：留念老友」

析析就衰林，

谢灵运（385-433），原名公义，字灵运，小字客儿，祖籍陈郡阳夏（今河南太康）。他是东晋名将谢玄之孙，15岁时避战乱至建康，居乌衣巷谢府，因袭爵康乐公，世称"谢康乐"。他在刘裕代晋后降为县侯，历任永嘉太守、临川内史等职，后在朝廷内乱中以谋反罪被杀。他是"山水诗派"鼻祖，开创了一代诗风。明人辑有《谢康乐集》。

谢灵运 明版画

「析析:风吹树叶之声」

皎皎明秋月。

含情易为盈,

遇物难可歇。

「遇物:路见的景物。歇:抑制」

积疴谢生虑,

「疴:患病。虑:谋求」

寡欲罕所阙。

「罕:稀少。阙:同"缺"」

资此永幽栖,

「此:这里指所去的永嘉」

岂伊年岁别。

「岂伊:难道只是」

各勉日新志,音尘慰寂蔑。

「音尘:音信。寂蔑:寂寞」

"邻里相送至方山"的场景早已成为历史陈迹。现在送别亲人或友人,不是在高铁车站、长途汽车站,便是在机场或邮轮码头了。再来看方山,一座大学城已在它的周边崛起,给远古的死火山带来了青春的活力。

无想山屏四面开

　　无想山，位于溧水城区之南7.5公里处，海拔209.5米，系宁镇山脉与茅山山脉的余脉，有"溧水第一胜境"之称。在山峦起伏、苍松翠竹、流泉飞瀑之中，有一处幽深的山谷。山的北坡有一座六朝古刹，名无想寺，无想山的山名随寺名而来。明末清初诗人林古度有首《游无想寺》，写到了山名及山景。

今日无想山

游无想寺

　　山名无想寺因之，寺抱山中境实奇。
　　侧足深秋欣霁日，游心上古问何时。
　　百围文杏骈诸干，万叠寒泉落一池。
　　天许老人犹济胜，穷探还有后来期。

　　所谓"无想"，即为无念，取自佛典色界四禅十八天中的无想天。禅宗六祖慧能在《坛经》中提出了"立无念为宗"。他认为无念不是百物不思,而是远离烦恼之妄想,体证宇宙本体之"真如",这是禅宗众生修行成佛的根本途径。

古老的无想寺,在唐武德年间有过重建,名无想禅院。北宋治平年间改称禅寂寺。南宋咸淳年间,僧道甄复兴大刹,邑人赵参政请与朝,改赐名禅寂禅寺。禅,梵语,意译作静虑;禅寂者,思虑寂静也,亦可理解为"无想"。因此,禅寂寺也好,无想寺也好,具有相同的涵义。明清时,禅寂禅寺复名为无想禅寺,后历经沧桑,荒废殆尽。而今,从无想寺旧址的废基及残留的建筑物构件上仍可以想象寺院当年的规模。寺院所处的自然环境特别优越,其前有空谷作广场,后有大山为屏障,气度恢弘。寺后山顶上的凤泉经观音岩直泻而下,形成瀑布,再沿山溪曲折而下,流向山塘,在春夏多雨季节蔚为奇观。如此说来,山也好,寺也罢,皆有"无想"境界也。

这样的一个"无想"美地,自然受到了失意者的青睐。五代南唐时,有一位大臣叫韩熙载。他博学多才,志向高远,曾上书中主李璟,力主恢复中原,后在党争中遭弹劾被贬。他在后主李煜时虽又出任兵部尚书等要职,但仍受到朝廷猜忌。为求自保,他不问国事,纵情声色,佯狂自放,曾多次探访无想山。他的《溧水无相寺赠僧》一诗，记录了他在无想山留下的履痕。

溧水无相寺赠僧
无相景幽远，山屏四面开。
凭师领鹤去，待我挂冠来。
药为依时采，松宜绕舍栽。
林泉自多兴，不是效刘雷。

「刘雷：指刘程之、雷次宗两位名儒」

而今在无想寺遗址的西侧仍存有南唐韩熙载读书台。其实，像韩熙载这样的高官历来不少，只不过大多不被人所知。韩熙载之所以出名，多亏了皇室御用画师顾闳中所绘《韩熙载夜宴图》。顾画师是奉旨潜入韩府暗察韩熙载动向的，没想到记录了其沉溺于声色的豪华场景，留下了极具史料价值的画面。此画被列为中国历史上十大传世名画之一，也使得顾闳中和韩熙载一道成名。

在韩熙载眼中，"无想山屏四面开"，处处充盈着大自然的美景。他无意效法名士儒生隐居，而是在山中随意"多兴"。诗中的"药为依时采"，既是他的兴致之一，也透露出无想山与摄山一样，滋养着丰盛的药草。据统计，无想山的药草有500余种之多。中草药业是溧水的传统产业，与无想山的蕴藏有些许关联。清代至民国，全国最著名的药店有叶开泰、张衡春、同仁堂以及雷允上等，号称三家半，其中有两家起缘于溧水，所谓"天下药号有其二"也。

《韩熙载夜宴图》（局部）南唐顾闳中绘

无想山有好山好水，山名又颇具禅意，还隐有这样一座寺院。自古以来除了韩熙载，还吸引了无数文人雅士到此游历，也留下了众多诗词。北宋词人周邦彦与韩熙载一样，也是一位失意者，他的《满庭芳·夏日溧水无想山作》，写出了无想山"雨肥""新绿"的景物，更写出了在"无想"中有想的伤感。

满庭芳·夏日溧水无想山作

风老莺雏，雨肥梅子，午阴嘉树清圆。地卑山近，衣润费炉烟。人静乌鸢自乐，小桥外，新绿溅溅。凭栏久，黄芦苦竹，疑泛九江船。

年年，如社燕，飘流瀚海，来寄修椽。且莫思身外，长近尊前。憔悴江南倦客，不堪听，急管繁弦。歌筵畔，先安簟枕，容我醉时眠。

周邦彦是从京城被贬外放，在任溧水令期间访问无想山的。他自比春天来、秋时去的"社燕"（社的本意是指对土地神的祭祀），"飘流"在荒地之地"修椽"（意指给"社燕"营巢）。他眼前虽是"人静乌莺自乐"的美景，但江南夏日湿热，又不免想到唐代诗人白居易被贬九江的境遇，以为同是"憔悴""倦客"。想到这些，他连"急管繁弦"的音乐也厌烦了，只有"长近尊前"（"尊"同"樽"），在酒中寻求短暂的自我超脱了。看来，无想山也好，无想寺也罢，都无法给忧心之人"无

周邦彦（1056-1121），字美成，晚年自号清真居士，钱塘（今浙江杭州）人。他因献《汴都赋》得宋神宗赏识，为太学正，后被谪为庐州（今合肥）教授、溧水令等。他精通音律，工于词，徽宗时任提举大晟府，专事谱制词曲，创作了不少新词调。他在溧水任职时，作品有《鹤冲天·溧水长寿乡作》《风流子·新绿小池塘》《西河·金陵怀古》等。旧时词论称之为"词家之冠"。今存《片玉词》，又名《清真词》。

洞壁琴音 选自清中山八景图

想"的境界。

  时过境迁。而今,无想寺已另择新址复建于无想山的入山口。无想山连同周围平安山、白虎山、秋湖山、馒头山等,则成了国家级森林公园和省级生态旅游示范区。

苍苔屐齿游子山

游子山,古称绵山或梁山,又称游山,位于高淳区漆桥镇南3公里处,系茅山山脉南延之余脉,由砂岩、火成岩及少量石英砂岩构成。分为大、小游山,主峰海拔187米,风景十分秀丽,有"濑渚第一形胜"之称。高淳人有句老话:看不见游山头,就会淌眼泪。游子山是象征高淳人灵魂的山,充盈着满满的乡情和乡愁。

今日游子山

南宋著名诗人范成大曾出任建康知府,游玩了赏心亭、伏龟楼、长芦寺等景点,也去过高淳,写有一首《高淳道中》。

高淳道中

路入高淳麦更深,

草泥沾润马骎骎。

「骙骙：形容马跑得快」

雨归陇首云凝黛,

日漏山腰石渗金。

老柳不春花自蔓,

古祠无壁树空荫。

一箪定属前村店,

「箪：盛饭用的竹器」

衮衮炊烟起竹林。

诗中的"雨归陇首云凝黛,日漏山腰石渗金",就是他在"高淳道中"看到的游子山美景。

游子山山名的由来有两种说法:一说是

范成大 清版画

范成大(1126-1193),字致能,号石湖居士,吴郡(今苏州)人。他是绍兴进士,曾出使金国,不畏强暴,几被杀。他在出任建康知府时,恰逢大旱,采取了免征夏税等措施,赈灾有方,使百姓受益。他与陆游、杨万里、尤袤合称南宋"中兴四大诗人",著有《秦淮》《赏心亭再题》《望金陵行阙》等众多吟咏金陵的诗作。今有《石湖词》等存世。

游子山国家森林公园

山凹间有泉水下泻,流淌之声类似春秋时的"大游曲",有明代《新建游山庙碑》碑记为据;另一说是相传春秋时孔子曾到此一游,在山中有他坐过的"夫子石"。因后一说是"相传",难免会有争议。孔子果真到过游子山吗?疑者有之,信者亦有之。清代本土诗人张之桢就是一位坚信者。他在《游子山》一诗中云:"不信宣尼游历遍,苍苔屐齿此曾经。"他要表达的意思是,虽然不相信"宣尼"(孔子)曾遍游了大江南北,但他在这里留下"苍苔屐齿"则是确定无疑的。其实,早在南宋德祐元年(1275年)就有过一位坚信者,其举家迁居游子山下的漆桥地区,他就是孔氏54世文昱公。

孔文昱曾随父兄在江南生活,听到先祖孔子登临游子山的事迹,出于崇敬及思乡之情,便卜居于山下,成了高淳孔氏始祖。他写有一首《卜居游山乡》,道出了迁徙的原由及传承孔氏家风的心愿。

卜居游山乡

世运有变迁,

诗礼无歇绝。

凫绎云勃兴,

「凫绎:凫山和绎山,均在山东邹城市」

雁湖波皎洁。

中原势已倾,

南渡疆复裂。

故乡隔烽烟,

回首空呜咽。

我闻游子山,

曾留圣人辙。

栖皇适楚都,

「栖皇:同"栖遑",奔忙不定」

救世至今切。

爰居复爰处,

「爰:哪里」

俎豆幸无缺。

「俎豆:祭祀及宴客器具,这里引申为祭祀」

循墙守旧铭,

子弟勤诵说。

游子山文圣殿

耕稼馁在中，
「馁：饥饿」
勿叹谋生拙。
忧道不忧贫，
饥寒励豪杰。

　　这首诗并没有具体描绘游子山的山势及景致，而是以"世运有变迁，诗礼无歇绝"为引领，围绕着国运沉浮与家风传承展开，堪为研究高淳孔氏家族兴起的珍贵史料。700多年过去了，据1988年版《高淳县志》记载，境内已有22650位孔氏人口，成了全县的第三大姓。

　　而今的游子山，依旧是满目青翠，劲松修竹蔽日，被列为国家级森林公园。目前，山下已修有真如禅寺，山上则兴建了真武殿和为纪念孔子登临的文圣殿，为此山增添了浓厚的人文色彩。这里一年四季游人不绝。尤其是每逢正月十五,乡里乡外的人都会前来登山祈福,俗称"晒晦",以期许新的一年吉祥如意、福星高照。

　　古老的游子山,永远充满着春天的气息。

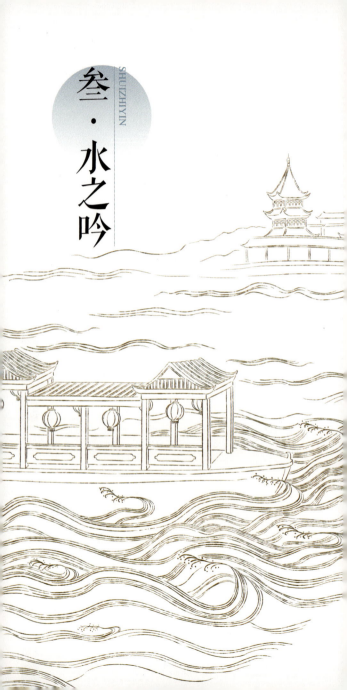

叁 · 水之吟
SHUIZHIYIN

小引

石头小子：我们生活在扬子江畔。小时候，听妈妈讲秦淮的故事，喝着江河水长大。

莫愁女孩：我们在玄武湖上采红菱。我们乘坐画舫，摇呀摇，摇到莫愁外婆桥。

石头小子：澄江静如练，二水分白鹭。城下秦淮水，烟雨惜繁华。

莫愁女孩：让我们这座有"秦淮"的城市，欢迎有"情怀"的您前来游览。

一江春水向东流

"问君能有几多愁?恰似一江春水向东流。"这一耳熟能详的千古绝唱,缘于南唐后主李煜的《虞美人》。

虞美人

春花秋月何时了,往事知多少?小楼昨夜又东风,故国不堪回首月明中。

雕栏玉砌应犹在,只是朱颜改。问君能有几多愁?恰似一江春水向东流。

南唐定都金陵,历经三主,即先主李昪、中主李璟、后主李煜。李璟和李煜均擅长诗文,尤以李煜被誉为"词中之帝"。后人评说李煜是"风流才子,误作人主""做个才子真绝代,可怜薄命做君王""国家不幸诗家幸"。他乃中主李璟的第六子,继位后不思进取,沉迷于奢华的宫廷生活,国亡后肉袒出降,被羁押到宋都汴京(今开封)。他的词作与其经历密不可分,前期写的是风花雪月;后期则词风大变,褪去了脂粉之气,抒发着亡国的切肤之痛。近代学者王国维评价道:"词至李后主而眼界始大,感慨遂深。"

《虞美人》是李煜的"绝命词"。他写此词时,已在汴京"春花秋月"近三年,写完后便被宋太宗"赐死"。读此词,朗朗上口,似可唱出歌来,开始并不觉伤感,回过味来,方令人感悟人生、难以掩卷。说句题外话,宋太宗恐怕不好诗词,否则会让李煜继续苟且偷生写下去的吧。可以想像,李煜在写此词的时候,内心世界是阳光下的黑暗,是声声悔、阵阵痛,是在哀叹"何时了"、何时又不了呢?也可以想像,李煜身居金陵宫廷时,眼里只有洗尽胭脂的秦淮,直至羁在汴京,才想起金陵之畔还有大浪淘沙的长江。好一个"一江春水向东流"!

长江,是我国第一大河,全长6380余公里,自西向东流经数个省、市、自治区。长江流经南京境内长约93公里,由于河床冲淤频繁,深槽和浅滩交叉分布,形成新济州、梅子洲(江心洲)、八卦洲等沙洲,而江岸浪淘崖体,造就了燕子矶、三山矶等矶岩。

燕子矶上俯视长江 民国影像

燕子矶,位于明外郭观音门外的长江南岸,悬绝于江中,宛若振翅欲飞之矫燕,故名。据说明太祖朱元璋南下集庆(今南京),就是从这里登陆的。南明抗清名将史可法应诏从扬州赶到南京救驾。他登上燕子矶,尚未入城,便闻知围城的左良玉叛军已兵败,而江北抗清的战事十分吃紧,就又奉命紧急北返,留下了著名的诗作《燕子矶口占》。

燕子矶口占
来家不面母,咫尺犹千里。
矶头洒清泪,滴滴沉江底。

这是史可法即兴口占的五言绝句,附有"时奉召剿左兵"的小序。一位精忠报国的将领立于矶头,面对残阳忧国土破碎,眼望

史可法 清人绘

城内近在咫尺的家人无法谋面,清泪重弹,"滴滴沉江底"。这样一首血泪融化的五言绝句,注定载入诗史,被代代咏叹。

春水东流,山形依旧。时至今日,燕子矶已成为南京著名的景点。相比之下,三山矶就没那么好运,其沦为运载江砂的中转码头。其实,三山矶在古代名气更大。三山矶,因三峰并列、突出江中而得名,在今板桥附近的长江东岸,又称仙人矶。据《舆地志》载:"大江从西来,势如建瓴。而此山突出当其冲,有三峰南北相接,积石森郁,滨于大江。"三山矶一带在古代军事和航运上的地位都很突出,尤其是作为六朝都城之江防要隘,故亦称作"护国山"。古人咏三山矶的诗词有很多,以南朝齐诗人谢朓的《晚登三山还望京邑》为代表。

晚登三山还望京邑

灞涘望长安,河阳视京县。
白日丽飞甍,参差皆可见。
余霞散成绮,澄江静如练。
喧鸟覆春洲,杂英满芳甸。
去矣方滞淫,怀哉罢欢宴。
佳期怅何许,泪下如流霰。
有情知望乡,谁能鬒不变?

这是谢朓乘舟从建康(今南京)去江陵,

傍晚时经过三山矶，登矶回望京城时写下的诗。诗的开首两句为当时惯用的借典起兴，引用了前辈王粲的"南登灞陵岸，回首望长安"，以及潘岳的"引领望京室"，以表明而今他自己立于矶头，也在回首京城。接下来，他平视着"飞甍"（屋脊饰物，此处指宫殿）"参差"，又抬头见"余霞""喧鸟"，俯首观"澄江""春洲"，不由得感慨万分。他担心这次"去矣"归期无望，会失去往日的欢愉，甚至以为自身的"鬓"（黑密的须发）亦会"去矣"。写这首诗的时候，他还不满30岁，竟有如此伤感。这多半与他恃才自负、多愁善感的性格使然。

谢朓在35岁时，因被诬陷谋反入狱至死。他虽生命短暂，但在诗作上成就斐然。他是"山水诗派"鼻祖谢灵运的族侄，在创作上既有谢灵运的影子，又具独特的艺术风格，对后世影响深远，有"小谢"之称。200多年后的"诗仙"李白，在《金陵城西楼月下吟》中吟："解道澄江静如练，令人长忆谢玄晖。"谢玄晖，即谢朓。李白通过这两句诗由衷地表达自己对"小谢"的崇敬。"澄江静如练"还形成了成语"澄江如练"。

李白的经典诗作《登金陵凤凰台》中也写到了三山矶。相传，李白曾登上黄鹤楼有意作诗。当他看到楼壁挂有一幅诗人崔颢题写的《黄鹤楼》后云:"眼前有景道不得,崔颢题诗在上头。"后来登上金陵凤凰台,他诗兴大发,便步崔颢《题武汉黄鹤楼》的原韵,写下了这首诗。

登金陵凤凰台

凤凰台上凤凰游,凤去台空江自流。
吴宫花草埋幽径,晋代衣冠成古丘。
三山半落青天外,二水中分白鹭洲。
总为浮云能蔽日,长安不见使人愁。

李白登的凤凰台,在南京城西的花露岗

《登金陵凤凰台》诗意图 明版画

上。据《至正金陵新志》载：刘宋元嘉十六年，有三只状如孔雀的大鸟飞至，栖息于李树上鸣叫不已，引来群鸟跟随比翼而飞。人们普遍认为这三只大鸟就是凤凰，百鸟朝凤乃太平盛世的象征，为此，扬州刺史王义康将此处改称凤凰里，又在山上筑台建楼，命名为凤凰台，凤凰台今已不存。实际上，李白游访凤凰台时，台所存者已是"培塿"，他这才会发出"凤去台空江自流"的感慨。

李白的这首诗，写于天宝年间其受权贵排挤离京南游之际。他到了金陵，目睹六朝的繁华不再，恰似他那时的心情。他的诗是跨越时空的对话，讲到了曾经的都城已是"花草埋幽径""衣冠成古丘"；也讲到了眼下的都城长安（今西安）被"浮云""蔽日"，愁怅难返。全诗最出彩的，还是由"江自流"引出长江流经南京的景观："三山半落青天外，二水中分白鹭洲。""三山"，指的就是三山矶，"半落"在了"青天外"，呈现出何等之意境！至于"二水中分"的"白鹭洲"，早已随着江流改道与陆地连在了一起，成了名为"白鹭花园"的住宅小区。尽管如此，"白鹭洲"的大名依然流芳在地方志中，从未消失。此两句诗还浓缩为成语"三山二水"，泛指南京的山水。由此倒是有了新的思考，都说"山形依旧"，恐怕未必，因为现如今，"二水中分"的已不是"白鹭洲",而是江心洲、八卦洲了。

夜泊秦淮近酒家

秦淮河，全长约110公里，是南京的母亲河，它的源头有二：一在句容的宝华山，叫句容河；一在溧水的东庐山，叫溧水河。二水流至江宁方山附近，交汇并流入长江。它从源头到入江口有云台山河、牛首山河等16条主要支流，呈叶脉状分布，流域面积约为2630平方公里，享有"屈曲秦淮济万家"之美誉。

秦淮河，古名小江，与古称大江的长江相对应，又名龙藏浦，汉代称作淮水，唐代方有"秦淮"之名。相传，在淮水名称前加个"秦"字，是与秦始皇为泄金陵"王气"，旨命"凿方山，断长陇为渎，入于江"有关。这个旧传一直到了唐代方才发酵，改淮水为"秦淮"。还有说法说改名是因为诗人杜牧的《泊秦淮》。

泊秦淮

烟笼寒水月笼沙，夜泊秦淮近酒家。

商女不知亡国恨，隔江犹唱《后庭花》。

杜牧，是唐代著名的诗人，身处内忧外患的晚唐。来到了南京，他目睹六朝繁华不再，夜色烟笼中有水、月、沙以及酒家。他听到隔江的商女（即歌女）还在吟唱着《后庭花》，内心无比的惆怅。《后庭花》，即南朝陈后主所制乐曲《玉树后庭花》,一般喻意其是招致亡国的靡靡之音呀。他深知"不知亡国恨"的不是唱曲的商女,而是那些听曲的达官贵人、公子哥儿。他满怀隐忧,直击晚唐上层糜烂生活的诗词,在社会上引起了巨大反响。"秦淮"姓"秦",似乎是因这首诗而得并被广泛传播的,此后,将"淮水"写为"秦淮"的诗词层出不穷。

陈后主游宴图 明版画

其实,秦淮姓"秦"之前,就故事多多,诗词亦多多。东吴时,在淮水河畔、朱雀桥附近有条街巷,因是身着黑衣的禁卫军"乌衣营"所在地,故名乌衣巷。这乌衣巷到了东晋时期可了不得了:王导、谢安两大宰相先后在巷中居住;王氏家族的大书法家王羲之、王献之父子也是巷中的住户,产生了"坦腹东床"的故事。如今,尽管乌衣巷早已湮没,但历代来此寻踪赋诗者不绝,尤以唐代诗人刘禹锡《金陵五题》之《乌衣巷》最富盛名。

乌衣巷

朱雀桥边野草花,乌衣巷口夕阳斜。

旧时王谢堂前燕,飞入寻常百姓家。

诗中的"堂前燕",看似寻常,实则内含浪漫的故事:传说金陵人王谢有次出海航行遇难,被两位黑衣老人救起。老人告诉他,这里是乌衣国,并把自己的独生女嫁了给他。后来王谢思乡,乘船回到建康城的家中,忽见有两只燕子栖于屋梁,招之,飞到掌上。于是,他让燕子传递家书给乌衣国的妻子,第二年燕子带来了回信,"堂前燕"由此而来,后常被诗人们引用。"乌衣旧巷"在清代被列入金陵四十八景,题咏曰:"王谢门庭今已非,几家矮屋掩双扉。多情燕子偏怜旧,

乌衣夕照图 明人绘

春日犹来小巷飞。"

"秦淮"姓"秦"之后,河道有过不小的变化。唐亡后,南京建立的杨吴及南唐政权,大兴土木,扩筑城区,将入城的秦淮河一分为二。城外的一支成为护城河,叫外秦淮;城内的一支叫内秦淮,自东水关入城,至西水关与外秦淮合流,长10里,又被称作"十里珠帘"。这内秦淮流经了《儒林外史》作者吴敬梓的寓所"秦淮水亭"、江南贡院、夫子庙以及"秦淮八艳"的河厅河房,每逢元宵节灯会,更是热闹非凡,演绎了多少人世间的悲欢离合。

这里,还得表一表有"盛天下"之誉的灯船画舫。清代诗人汪懋麟有首七言歌行体长诗《秦淮灯船歌》,详细记录了灯船在五月端阳盛会时的景观。全诗长达64句,摘上

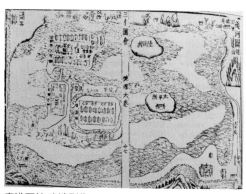

秦淮画舫 晚清影像

其中20句,欣赏之。

秦淮灯船歌(选录)

火龙一道灯船来,众响啁嘈判清浊。
一人揭鼓扬双锤,宫声坎坎两虎搏。
一人按拍秉乐句,裂帛时闻坠秋箨。
一人小击云锣清,仿佛湘娥曳珠珞。
横笛短箫兼玉笙,芦管呜呜似南龠。
两旁列坐八九人,急羽繁商不相若。
或涩如调素女弦,或溜如啭早春雀。
或缓如咽松下泉,或激如挑战场槊。
有时回帆作数弄,月白沙明叫饥鹤。
六船盘旋系一缆,万点琉璃光灼灼。

　　秦淮河水流淌千年,留下了无数古代诗人的屐痕。查阅他们的作品,发现凡是点出"秦淮"而非"淮水"的诗词,均是在杜牧《泊秦淮》之后,似也进一步佐证了"秦淮"之名的出处。需指出的是,在许多诗人眼中,"秦淮"已不单单指秦淮的本身,而是成了南京这座古城的代言。我们从中选出几首,作为此文的尾声。

浪淘沙

南唐·李煜

往事只堪哀,对景难排。
秋风庭院藓侵阶。

「藓侵阶:苔藓满台阶,指荒芜的庭院」

一任珠帘闲不卷,终日谁来?

金剑已沉埋,壮气蒿莱。

「金剑:一作"金锁",象征南唐政权。蒿莱:野草,此处用作动词,意思是淹没于野草」

晚晴天净月华开。

想得玉楼瑶殿影,空照秦淮。

秦淮夜泊
宋·贺铸

官柳动春条,秦淮生暮潮。

楼台见新月,灯火上双桥。

隔岸开朱箔,临风弄紫箫。

谁怜远游子,心旆正摇摇。

宴桃园
宋·晁补之

往岁真源谪去,红泪扬州留住。

「真源:古县名,今河南鹿邑县,传为老子降生之处,有"仙源"之称」

饮罢一帆东,去入楚江寒雨。

无绪,无绪,今夜秦淮泊处。

金陵晚眺
元·傅若金

金陵古形胜,晚望思迢遥。

白日馀孤塔,青山见六朝。

燕迷花底巷，鸦散柳阴桥。
城下秦淮水，年年自落潮。

满江红·金陵怀古
元·萨都剌

六代豪华，春去也，更无消息。空怅望，山川形胜，已非畴昔。王谢堂前双燕子，乌衣巷口曾相识。听夜深，寂寞打孤城，春潮急。

「畴昔：从前」

思往事，愁如织。怀故国，空陈迹。但荒烟衰草，乱鸦斜日。玉树歌残秋露冷，胭脂井坏寒螿泣。到如今，只有蒋山青，秦淮碧。

「玉树歌：陈后主作《玉树后庭花》。寒螿：寒蝉」

秣陵竹枝词其一
明·文震亨

秦淮冬尽不堪观，桃叶官舟阁浅滩。
一夜渡头春水到，家家重漆赤栏杆。

金陵题画扇
明末清初·侯方域

秦淮桥下水，旧是六朝月。
烟雨惜繁华，吹箫夜不歇。

忆秦娥·忆秦淮
清·王士禛

秦淮水,红楼一带波如绮。

波如绮,琉璃窗下,水晶帘底。

梅花点额芙蓉髻,妆成照影春波里。

春波里,一方明镜,朝朝孤倚。

游秦淮
清·秦大士

金粉飘零野草新,女墙日夜枕寒津。

兴亡莫漫悲前事,淮水而今尚姓秦。

花天水国玄武湖

玄武湖,被誉为"金陵明珠",是南京的地标之一。它的形成,可追溯到几千万年以前,是处于长江与钟山之间的一个很大的天然湖泊。

玄武湖,得名于南朝刘宋时期,因湖泊位于城北且湖中出现了"黑龙"之故。在中华传统文化中,以黑色为"玄",北方神兽"玄武"。后人以为,所谓"黑龙"者,从长江游入湖泊的扬子鳄也。在此之前,玄武湖有过桑泊、秣陵湖、蒋陵湖、后湖、北湖之称。在此之后,玄武湖的名称也屡有改变,诸如昆明池、习武湖、真武湖、放生池、元武湖等。

六朝时期的玄武湖,湖面广阔,据史书载"周四十里,东抵钟山、西限庐龙(今狮子山)、北带大壮观(今大红山)",面积

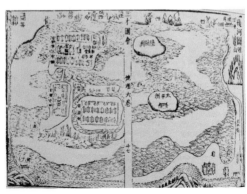

后湖图 明版画

约为现在的4倍。一时间,玄武湖不仅成了皇家游猎之地,也成了水军操练和大阅兵的场所,这也是习武湖等名称的由来。南唐诗人朱存有一首《后湖》,写的就是当年水上习武的场景。

后湖

雷轰叠鼓火翻旗,三异翩翩试水师。
惊起黑龙眠不得,狂风猛雨不多时。

南朝陈太建十一年(579年),宣帝陈顼在真武湖举行了史上规模最大的一次水上阅兵,清代诗人陈文述诗作《咏大壮观》记述了那次阅兵活动。

咏大壮观

五百楼船十万兵,登高阅武阵云生。
定知战舰横瓜步,应有军牙拥石城。
湖上秋空丝竹会,江头潮涌鼓鼙声。
如何石子冈前路,翻遣蛮奴马首迎。

那次阅兵虽威风凛凛,但已沾染了些许金粉脂气,不出十年隋即灭陈,六朝豪气也就此告别了历史舞台。唐末五代诗人韦庄有过一次金陵之旅,留下了著名的诗作《金陵图》,为之感叹,后人将其诗题为《台城》。

台城

江雨霏霏江草齐，六朝如梦鸟空啼。

无情最是台城柳，依旧烟笼十里堤。

诗中的"十里堤"，在玄武湖的西南岸，大约东起覆舟山北麓、西抵幕府山下。后因明城墙的修建，古"十里堤"不存，然而，"依旧烟笼十里堤"的诗境实在令人难忘。可能或多或少受其影响，到了清同治年间，时任两江总督的曾国藩在新十里长堤上广植柳树，并建了一座"杨柳楼台"，以供游人息憩观景，这便有了清代金陵四十八景图之"北湖烟柳"。后人又在两柳之间种植桃树，呈现"桃红柳绿"之美景，这确为令人惊喜的收获。

新十里堤，是太平门至和平门一段。据清代王曼犀在《后湖图说》中记述："东北有丰润门（今玄武门）之新堤，东南有太平门之鹁栖埂，横亘处为十里长堤。堤有初日芙蓉牌坊（原名杨柳楼台），石桥、板桥各一，

> 韦庄（约836-910），字端己，长安杜陵（今西安市东南）人。他是宰相韦见素之后，早年屡试不第，直至年近六十方考取进士，任校书郎，后仕蜀。他的长诗《秦妇吟》堪称古代叙事诗的扛鼎之作，为此，他被呼为"秦妇吟秀才"，与白居易"长恨歌主"并称而为佳话。

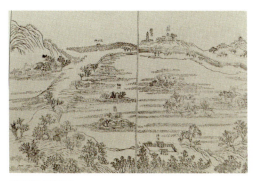

玄武湖 清版画

循堤而行,可径达长、志、老三洲。"

《后湖图说》中提到的长、志、老三洲即为今环洲、翠洲、梁洲。除此而外,还有菱洲、樱洲。这五洲的形成,多与历代湖泊疏浚不可分,有史可稽的上规模的疏浚就多达14次,其中南朝宋文帝利用浚湖泥土在湖中堆砌了三座小岛,称作"三神山"。元末,有计划地采取了浚湖叠岛的实施方案,使湖之五洲初见端倪。而今的玄武湖,以"环洲烟柳""樱洲花海""梁洲秋菊""菱洲山岚""翠洲云树"等景观构成了美仑美奂的金陵画卷。

玄武湖不仅以五洲誉满天下,还以"荷湖"闻名海外。"荷湖",是老外给玄武湖的命名。德国摄影家赫达·哈默尔曾在1945年出版了《南京》,他在书中专门介绍了玄武湖,"夏季湖中荷花繁茂艳丽,'荷湖'由此而名,但只有欧洲人使用这个名称。"

早在六朝时期，荷花就已是玄武湖之景观。据《宋书·符瑞志》载："孝建二年六月庚寅，玄武湖二莲同干。"所谓"二莲同干"，即今日所说"并蒂莲"也。清代，玄武湖更是满湖荷花。据《江宁县志》载："湖中芙蕖特茂，盛夏季节，红裳翠盖，苕亭矗立，弥望及天。花叶一罅，萦纡一水，才能通舟。倚舷仰视，反出叶下。"清代举人刘世珩与友人一同到玄武湖观荷，写有一阕《念奴娇》，赞美荷花满湖之盛景为"花天水国"。

念奴娇·积余招同玄武湖观荷

畴人城北，启花天水国，招携吟侣。四壁香光红藕逯，隔住柳丝无数。清脆鸣蝉，迷离睡鸭，搅起钟山雨。淋漓翻墨，助侬装点词句。

怅想金匮当年，史宬煨烬，图箓随烟去。牢落沧桑如媾恼，洗出清凉极浦。簪佩云寒，楸桐冰润，且共斯须住。碧莲瓣小，载人稳指归路。

此词上阕是写"花天水国"玄武湖的美景；下阕则是诗人的抒怀。他想到以往的岁月，犹如"金匮"中藏书以及"史宬"（官府书室）中的"图箓"（图谶、符信）等付之一炬，不由得"牢落"（寂寞）"媾恼"（懊恼），

今日玄武湖

姑且就在这里与"簪佩"(妇女头饰,这里指荷柄)、"楸桐"(叶形如桐的乔木)为伴,平复心境,"斯须"(片刻)即归。这是他面对眼前的"花天水国",触景生情呀!

民国政府社会部南京社会服务处于1947年,发行过一册《玄武湖》。此册尽管只是游览指南,但用诗一般的语言描述了"荷湖":"赤日炎夏,夜赴玄武,月皓长空,清风徐来,红苞初放,遍湖灿烂;小舟来往于荷叶丛间,吱吱作响,凉风阵阵,暑气全消。"

玄武湖的历代诗文,给我们留下了其岁月的记录,带来了时空的遐想。而今,期待着玄武湖谱写新的诗章。

渺渺烟波莫愁湖

莫愁湖，位于城西南，与城东北的玄武湖相呼应，是又一颗"金陵明珠"，在清代金陵四十八景图中名列榜首，题为"莫愁烟雨"。

莫愁湖 清版画

莫愁湖是由长江古河道遗留残存所形成的，古有横塘、南塘等别称，因依傍石头城，又名石城湖。相传南朝梁武帝萧衍写了首《河中之水歌》，第一次将莫愁女与南京挂上了钩。由此看来这个皇帝是一位很有创意的诗人。《河中之水歌》在《南京神话传说之旅》"莫愁女的传说"一文中已详述，这里不再重复。再次让莫愁女在南京落户已是明朝，那时的南京在政治和经济上都有了极大的提升，有关金陵莫愁的传说也就流行起来。在《正德江宁县志》中，开始有了莫愁湖的记载："莫愁湖在县西，京城三山门外，莫愁，卢氏妓，时湖属其家，因名。"其源头自然是梁武帝的那首《河中之水歌》了。这也不足为奇，将文学作品中的人物，当作历史上确有其人来考证并入"志"，在唐朝已经盛行，这也为后来的"牵强附会"开了先例。

实际上莫愁湖的兴起是从明朝开始的。相传皇帝朱元璋与开国功臣徐达在湖旁华严庵茗茶对弈，因徐达在棋盘上摆出了"万岁"二字，皇帝一高兴，将湖诏以"汤沐邑"赐给了徐达。这则故事后来成了佳话，也在那里留下了胜棋楼的景观，而当时世人指认该处就是莫愁湖。因莫愁生平喜爱郁金香，故在湖岸置郁金堂，与胜棋楼相通。

莫愁湖面积仅为0.56平方千米，小巧玲珑，水也不深，最宜在烟波中闲游，不愧为"莫愁烟雨"，它在明代被列为金陵十八景之一。明代南京籍举人黄尚质有诗《莫愁湖》，描绘了其"渺渺烟波"之景象。

莫愁湖

渺渺烟波望里明，六朝芳草亦多情。
荷亭座拥千花艳，兰桨舟横一叶轻。

白鹭低飞摇镜槛,青山倒影漾帘旌。

放歌不惜尊前醉,莫趁残曛便入城。

这首诗中透露出一个信息:莫愁湖与玄武湖一样,也是一个"荷湖",明代有一位南京籍诗人叫史忠,专门为其写了一首《赏莲》的诗。

赏莲

自惭我不是莲溪,为爱清香强品题。

孙楚楼寻淮水畔,莫愁湖在石城西。

并头采得夸妖绝,千叶开圆锦簇齐。

与客对花恣欢赏,高歌送酒醉玻璃。

莫愁湖图长卷(局部)清·吴宏绘

到了明末清初,莫愁湖楼阁倾颓,逐渐荒凉。清乾隆五十八年(1793年),江宁知府李尧栋(字松云)发起募捐并捐出自己的俸禄,重建郁金堂,堂中供莫愁画像;重筑胜棋楼、湖心亭、光华亭;新建六宜亭、赏荷亭,添植垂柳等,将莫愁湖修葺一新,使之成为"金陵第一名胜""南京第一湖"。

李松云重建莫愁湖后喜形于色,召集僚友宴赏,并亲赋《乾隆癸丑初夏,重修莫愁湖,做棹歌》二十首。这里选二首:

百顷澄潭镜面平,远峰都学画眉横。
湖山如此谁消受,合让千秋佳丽名。

凤台园已寺门荒,十庙鸡鸣画壁亡。
留得一湖汤沐邑,不随棋局换沧桑。

李松云"做棹歌"二十首后,一时应和如云,其诗作精彩纷呈,形成莫愁湖史上第一次有规模的诗歌活动。陈奉兹做《莫愁湖棹歌》八首,选二首:

不负名湖是莫愁,先看胜景领新秋。
风流太守翰林李,初向楼边起酒楼。

多少青山翠作堆,半昏尘路半藏隈。
如今试上楼头望,全换清新面目来。

又有王朝飏应和十二首,题为《松云太守既至莫愁湖,即首倡重修,嘱予经理其事,得寄宿湖楼者十晨夕,耳闻目睹,即景生情,因情言事若干首,本不足录,亦惟存其意焉尔》,这里录二首:

金陵胜处每争趋,名纵虚传实不符。
六载往来游殆偏,更无人说莫愁湖。

雨欲来时风满湖,乌云漫得一山无。

忽然雨泻风初定,跳动晶盘万斛珠。

作为李松云前辈的袁枚,也欣然作《和松云太守莫愁湖诗》十七首。为此,他还给太守书信一封。信中点评了他人应和诗作之不足,且云:"枚老矣,久不作诗,为诸少年所引诱,忍俊不禁,亦作十七首而缺其三,以志退避三舍之意,诚恐能责人而不能责己,故录上求公改政焉。"之后,他又补和三首,终以二十首对等应和了松云的"棹歌"。这里亦选二首:

廿首诗成已费才,更分清俸起楼台。
游鱼望见旌旗影,疑是六朝人又来。

欲将西子莫愁比,难向烟波判是非。
但觉西湖输一着,江帆云外拍天飞。

莫愁湖图长卷(局部)清·袁树绘

莫愁湖和西湖("西"指西施),均是

以美女来命名的,袁枚拿两湖来比较,"但觉西湖输一着"。那时的莫愁湖经过出新,确实美不胜收,也难怪"烟雨莫愁"在清代金陵四十八景图中名列榜首了。

自那次诗歌活动后,莫愁湖又有过多次"风雅集",乾隆年间还在胜棋楼成立了"六十人诗社"。据粗略统计,有关莫愁湖的诗词多达 1600 余首。

清咸丰年间,莫愁湖建筑毁于兵燹。同治年间,两江总督曾国藩重修了莫愁湖。现在的胜棋楼等建筑,就是那时期建设的。1929 年,莫愁湖被辟为公园,成为南京最早向公众开放的公园之一。中华人民共和国成立后,莫愁湖又有过几次规模比较大的修葺。就在我们撰写此文的时候,莫愁湖正在进行封闭式改造。相信不几时,莫愁湖就会"全换清新面目来"。

"丹阳""石臼"两湖游

"丹阳""石臼"两湖,在今南京市高淳区辖地。

高淳,得名于明弘治四年(1491年),时应天府丞冀绮以"地广难制"为由,奏请割溧水县西南七乡置县。县名初拟淳化,钦定高淳,设县治在淳溪镇。中华人民共和国成立后,高淳县隶属于镇江地区专员公署或镇江专区,至1983年划归南京市管辖。2013年2月撤县建区,设立了南京市高淳区。

高淳的历史十分悠久,其薛城遗址,揭示了6000多年前新石器时代的人类文明;古固城遗址,比金陵石头城还要早200多年。由于地理位置相对封闭,民风淳朴,其方言保留了中古吴音,被称为"古韵方言活化石",清代诗人严肇万吟有"芦笛一声渔唱也,元音谱旧小神仙"即是。高淳有山、有水、有

高淳县境图 明版画

平原,是典型的江南鱼米之乡。它的西、南、北三面环绕着丹阳、固城、石臼三湖,更是风光无限。现在,固城湖因盛产螃蟹名气最大,实际上其在旧三湖中是最小的湖。面积最大的当数古丹阳湖。

丹阳湖,位于区境西部,又名西湖、西莲湖,其中流与安徽当涂分界。古丹阳湖面积广为3000平方公里,因历代泥沙淤积,又不断围垦,很大部分被切割出去。实际上,固城湖也好,石臼湖也好,均为古丹阳大泽的一部分。丹阳湖到了1949年,湖面只剩下161平方公里,之后又继续围垦,现仅存18平方公里,由最大沦为了最小,似已名存实亡了。想当年,诗人李白寓居当涂,常泛舟于此,他写的《姑孰十咏》中,就有一首《丹阳湖》。

《姑孰十咏·丹阳湖》
湖与元气连,风波浩难止。
天外贾客归,云间片帆起。
龟游莲叶上,鸟宿芦花里。
少妇棹轻舟,歌声逐流水。

诗人李白当年是由西向东泛舟古丹阳湖的,看到的是"湖与元气连,风波浩难止。"可以想像那时的湖泊是多么的宽广无际。继续向前,应是到了丹湖乡一带,又细腻地观察到"龟游莲叶上"的景致,难怪丹阳湖又有西莲湖之称,实在是美不胜收。他还写了采莲少妇"歌声逐流水",将高淳唱民歌的古老风俗记录在了诗中。李白一向以唱长江、歌黄河的豪气贯长虹著称,这首风景诗却柔情似水,让我们对诗人有了新的认识。

石臼湖有"石臼渔歌"之美誉,它位于区境北部,又名北湖,湖面分属高淳、溧水和安徽当涂。它原有面积263平方公里,也因围垦,缩为208平方公里,在现三湖中堪称老大,它也和长江水位一样有潮涨潮落。它山青水秀,南边有龟山、蛇山相对峙,北面则有狮子山和象山相映成趣。本书作者之一邢定康是原高淳县凤山公社红星大队的插队知青,就曾在石臼湖龟山脚下参加了围湖造田(团结圩)的运动,那轰轰烈烈的劳动场面,至今记忆犹新。

有关石臼湖的古诗词今留存有几十首,吟颂的湖景美如画卷,恰似"年年二月桃花水,如律流归石臼湖"(宋·杨万里《圩丁词》);"万籁齐收声寂寂,一苇徐泛影娑娑"(清·卢文昭《白湖渔歌》);"历历侵牛斗,天孙可近前。"(清·夏维《早发石臼湖》)。祖籍高淳的明末清初诗人邢昉,在明亡后归居石臼湖畔,自号石臼,写有许多有关石臼湖的诗,其中的《石臼湖》一诗以白描手法写其深秋景象，倍感真切。

　　　　　石臼湖
　　晓楫起汀雁，方知湖水寒。
　　苇深分港细，天回值秋残。
　　蟹网霜前密，鱼梁潦后宽。
　　如何逢乱世，舍此欲求安。

邢昉的这首诗写得清新动人，展现了他与天水融为一体的可人景象。有趣的是，诗中的"蟹网霜前密"一句，明白地告诉今人，作为古丹阳大泽的固城湖螃蟹，历史悠久，名不虚传呀！诗的最后两句"如何逢乱世，

邢昉 清人绘

邢昉（1590—1653），初名忠卿，后改昉，字孟贞，号石臼，人称邢石臼，高淳薛城人。他性格耿介，屡试不举，曾被主考官斥为"太狂"。为此，他弃绝仕进，潜心诗词创作，以布衣之身傲世。明亡后他归乡居石臼湖畔，贫困潦倒终生。清廷曾召其入京为官，其拒不就。他的诗作被王士禛所称赏，其《石臼集》由钱谦益作序。他的作品除《石臼集》外，还有《唐风正变定》《江上诗刻》《偶然吟》等，今存诗2300余首。

臼湖渔歌 清人绘

舍此欲求安",是他发出的感慨,也是全诗的点睛之笔:即便是遭逢乱世,他也绝不会丢弃这里,到别处去求安身呀。他无比热爱石白湖,死后也葬于石白湖畔。在诗人邢昉离世80年后,作家吴敬梓亲到高淳来凭吊,写诗《石白湖吊邢孟贞》,诗中云"前辈风流难再闻,只今湖水年年绿"。清末民初诗人施文熙也写有一首《过石白湖怀邢孟贞先生》,诗中有"石湖有邢昉,老卧一溪云。狂态匹夫贵,诗名天下闻。"可见,"狂生"邢昉的名气有多大,写的诗影响有多深远。

如今的高淳,生态勃然,以"慢山慢水慢城"著称。石白湖依旧风姿翩翩,醉心迷人。市民可乘坐轻轨前往高淳,其穿越了石白湖的南部湖面,让市民在车中便可饱览石白风光。

汤山温泉堕凤钗

传说在一个春天的夕照黄昏,有一位天上的仙女下凡到南京旅游。她以往游览过秦汉皇宫,都觉得没有什么可以留恋的,却喜欢上了汤山温泉。她"浴于泉水,温而冽,五体适然",又享受着眼前的花香鸟语,一时忘了返回天上的时辰,待匆匆离去时,竟未觉察头上的凤钗落到了水中。这是久寓金陵的清代诗人余宾硕通过一首《温泉》诗创作的一则汤山温泉的故事。

温泉

山色苍苍日夕佳,如烟白气抱丹崖。
汉宫莫美鱼鳞瓦,秦殿虚传雁齿阶。
「雁齿阶:台阶排列如雁行有序」
榆荚欲飞春寂寂,桃花才放鸟喈喈。
石泉阴火年年积,玉女曾经堕凤钗。

> 余宾硕(1637-1722),字鸿客、石农,福建莆田人。他筑园"竹圃"于南京城南,以明末遗民自居,一直生活在南京,金陵名胜都曾留下他的足迹。他"感慨兴亡之事,探奇揽胜,索隐穷幽,地各为诗,诗各为记",汇成《金陵览古》(诗60首),流传至今。

汤山温泉何以有那么大的魅力，会让仙女"堕凤钗"呢？这得先说说汤山。它与青龙山、阳山相邻，因山中有泉、四季如汤，故名汤山；又为与北京的汤山有所区别，也称作"南汤山"。按说此文因"汤山"是可以收入"山之颂"篇的，只因其温泉太有名气，故而还是列入"水之吟"篇中更宜。

汤山温泉，据地质科考始于约1亿多年前的侏罗纪晚期，大多是由降水或地表水渗入地下2千多米处吸收岩石的热量后又上升流出地表的。其水温为50～60度，水质洁净，饱含硫酸盐、镁等30余种矿物质，不但可以用于沐浴，对于关节风湿病、皮肤病也有一定疗效，还可以用在保苗、催种等农林方面。

汤山温泉为人类利用的历史相当悠久。据《吴郡录》记载："江乘县有汤山，出温泉二所，可以治疾。"南朝宋《丹阳记》记载：

汤山温泉 民国周玲荪水彩写生画

汤山温泉"可以瀹鸡。"瀹鸡,就是用温泉烫鸡。相传南朝萧梁时期,皇太后有疾,沐浴汤山温泉而愈,萧皇乃封汤山温泉为圣汤。南朝宋江夏王刘义恭是汤山的常客,著有《汤泉铭》。"铭"者,原指刻于钟鼎、碑石上的文字,在秦汉以后逐渐演变为颂扬或警诫的文体。

汤泉铭

秦都壮温谷,汉京丽汤泉。

英德资远液,暄波起斯源。

刘义恭的《汤泉铭》,使得汤山温泉铭刻史册。他在"铭"中,将汤山温泉与秦都咸阳、汉京骊山的温泉并赞,可见他对其有极高的评价。又据宋《六朝事迹编类》记载:"唐德宗时,韩晋公滉为浙江观察史。滉小女有恶疾,浴于汤,应时而愈。(滉)乃以女妆奁建精舍于汤山之右,且求僧以主寺事。"

汤王庙 民国郭锡麒摄影作品

这里提到的精舍,名为延祥寺,俗称"汤王庙"。宋代有位诗人叫周钙,曾在延祥寺作诗题壁。他在诗中再次拿汤山与骊山的温泉作对比,一方面赞扬了汤山温泉的"清净",另一方面嘲讽了骊山温泉的皇家"粉脂"气息。

延祥寺题壁
雁门泉水热于汤,清净源从古道场。
应笑骊山山下水,至今犹带粉脂香。

宋代大诗人王安石在汤山温泉作诗题壁亦说到了地处西北的骊山温泉,倒是描绘了雪中水气上冲的景象。

汤泉
寒泉诗所咏,独此沸如蒸。
一气无冬夏,诸阳自废兴。
人游不附火,虫出亦疑冰。
更忆骊山下,歊然雪满塍。

汤山镇 民国郭锡麒摄影作品

「歊：上腾的水气。塍：土埂」

清代大诗人袁枚为官时就曾光顾汤山温泉，退官后在南京筑随园闲居，且到各地旅行。这一日尚在春寒时节，73岁高龄的袁牧刚从浙西游山玩水访友归来，征尘未洗，便来到汤山浴温泉，写下了《浴汤山五绝句寄香亭兼谢荷塘明府》。他的"五绝句"写得直白明了，空灵活脱，诙谐幽默，表达了自己退出官场、归隐田园的新生活态度，实在是太风趣、太棒了，录之共赏。

浴汤山五绝句寄香亭兼谢荷塘明府

其一

为寻圣水濯尘缨，爱忍春寒远出城。
刚是杏花村落好，牧童相约过清明。

其二

延祥寺里证前因，二十年前借住身。
今日僧亡菩萨在，应知我是再来人。

其三

方池有水是谁烧？暖气腾腾类涌潮。
五日熏蒸三日浴，鬓霜一点不曾消。

其四

野外闲行乐有东，阿连底事劝同车？
天生此水温存在，只恐妻孥转不如。

其五

多谢张华地主情，遣人洒扫遣人迎。

耳根洗得清如雪，不听人间事不平。

民国时期，中央政府视汤山为休沐之地。中华人民共和国成立后，在汤山建有工人疗养院、军人疗养院、汤山医院等，结合温泉疗效开展医疗保健事业。改革开放以来，随着人民生活的不断提升，汤山温泉从疗养的领域扩大到了休闲旅游，涌现出众多温泉度假酒店。现在，汤山正在以温泉为主题，雄心勃勃地建设国家级旅游度假区。

汤泉温井监新磨

汤泉温泉，位于江北浦口老山的龙洞山之北，素有"胜境汤泉甲一方"之誉，与江南汤山温泉相呼应，为南京两大古温泉。

江北温泉所在地汤泉镇，据明《江浦县志》记载："元末立寨于此，称汤泉寨。"因多有温泉涌出，遂以"汤泉"为名，其温泉资源十分丰富，民间有"老山有72洞，汤泉有72泉"之说。其水质洁净优良，富含矿物质和微量元素，具有祛病延年的疗养效果。

市旅游界人士考察汤泉 作者摄于1995.4.29

早在南朝刘宋之时，武帝刘裕万乘游汤泉浴。昭明太子在汤泉惠济寺有读书处，也常浴于温泉，故汤泉被后人誉之为"太子汤"。相传明太祖朱元璋携马娘娘前往汤泉浴温泉，马娘娘及妃子见到云蒸雾绕的汤泉，连声惊叫："好汤！好汤！"朱元璋听了很不高兴，驻足不前。"朱""猪"谐音,而猪是万不可入汤的,否则便会成了盘中餐,他随即敕令将汤泉改名香泉,方安下心来入浴。他这么一改,使得汤泉镇、惠济寺等均以"香泉"冠名了。这虽说是民间传说,但汤泉一度更名确是史实。清《江浦埤乘》有记载:"明太祖曾改名香泉。"

又据清《重修江浦县新志》记载:"士人朝夕沐浴及灌禾苗,前贤游咏甚盛。"汤泉不仅以温泉为优,周边亦有不少风景名胜,吸引了众多文人墨客前往。宋代诗人秦观是位旅游达人,他闻听漳南道人昭庆隐汤泉已久,便约集贤殿大学士孙莘等结伴前去拜访,在汤泉宿惠济寺数日,不仅浴温泉,还游览了龙洞山、乌江项羽霸王祠等,集山水之胜。他此次出游得诗30首,其中以《还自汤泉十四韵》最有影响。他在这首诗的最后将汤泉比作骊山华清池,结束了梦幻一般的温泉之旅,余音袅袅,耐人寻思。

秦观词意图 明版画

还自汤泉十四韵

岁晚倦城郭,联骖度橐峨。

「联骖:犹联骑。橐峨:指老山」

天黄云脚乱,村黑鸟翎讹。

潦水侵生路,晴天落慢坡。

「潦水:雨后的积水。生路:陌生路径」

澄江练不卷,温井监新磨。

「温井:泉眼。监:同"鉴",镜子」

渔火分星远,沙鸥散点多。

霸祠题玉箸,龙窟受金波。

「玉箸:指秦李斯所创之小篆」

琬琰存吴事,儿童记楚歌。

「琬琰:为碑石之美称」

孤龛瘦居士,双塔老头陀。

「头陀:意为"抖擞"」

飞鼠鸣深穴,胡蜂结巧窠。

「飞鼠:蝙蝠」

晚参圆白足,昏梵礼青螺。

「圆白足:指僧人打坐。青螺:代指佛像」

云驭沉荒甃,仙春没浅莎。

「甃:砖砌的井壁。莎:莎草」

杖藜从莫逆,谈笑入无何。

「莫逆:志同道合之交。无何:指逍遥自得状」

惨澹日连雾,萧骚风转阿。

「惨澹:暗淡。萧骚:形容风吹树木的声音」

华清俄梦断,回首失烟萝。

「俄:短暂。烟萝:烟聚萝缠」

此后,秦观又作《汤泉赋》,以汤泉之水表达不争名利的人性品格。赋中记:"大江之滨,东城之野,有泉出焉。直面峰负深谷,分埒引源,迤逦相属,晨夜有声""泓泓渝渝,莫虞岁年,不火而燠,其名汤泉。"其挚友、大诗人苏轼亲为《汤泉赋》作"跋","跋"中亦提到了华清池,以为"明皇之累,杨、李、禄山之污,泉岂知恶之?然则幽远僻陋之叹,亦非泉之所病也。"苏轼与秦观对万物的认识高度一致,可谓心有灵犀。

再说那位与秦观同游的孙莘,退官后在汤泉的松竹深处择地筑西庵,逍遥自在,寄以养老。因孙老先生居此,来访者众。诗人

秦观 清殿藏本

秦观(1049—1100),字太虚,字少游,号太虚,学者称其淮海居士,高邮人。他是北宋元丰八年的进士,被苏轼引荐为太学博士,后遭罢黜,复出时在放还北归途中卒于藤州。他少时曾从苏轼游,善诗赋策论,以诗见赏于王安石,与黄庭坚、晁补之、张耒并称"苏门四学士",为宋词婉约派重要作家,著有《淮海集》等。

汤浦堰汤池 戴军摄于 2019.1.19

贺铸是其一,与孙老先生饮酒吟诗,茗茶浴汤,不亦乐乎。他已倦于官宦生涯,想到自己为官的日子指日可数,今后将何去何从呢?他为之萦念且羡慕西庵,写下了《题乌江汤泉寄老庵》。

> 贺铸(1052-1125),字方回,自号庆湖遗老,卫州(今河南卫辉市)人。他是唐贺知章的后裔,因祖先曾居庆湖,故自号庆湖遗老。他初为京城武官,后调戍地方,任泗州、太平州通判等。他在晚年退居苏州,杜门校书,写作诗文,著有《贺方回诗》《庆湖遗老集》等。

题乌江汤泉寄老庵
西庵松竹深,薄暮更微雨。
山禽不畏人,嘲哳方对语。
而余倦宦者,罢日今可数。
京邑夙所怀,其如恶尘土。
「尘土:尘世、尘事」
行复念斯游,回首怅何许。
「行复:且又」

汤泉历代虽有不少达官贵人造访,但毕竟地处江北,"幽远僻陋",较之汤山温泉显现出平民化的特性。改革开放以来,汤泉地区尽管也出现不少中高档温泉度假酒店,却仍保留了一些供原住民免费使用的汤池。作者邢定康有个高中同学戴军,是一位旅游达人,每年都要去汤浦堰探访。汤浦堰目前至少还有5个这样的汤池,他均一一踩点,深被当地老百姓泡温泉的场景感染。不过他说,这些汤池的周边都在大兴土木,免费汤池前景堪忧。作者也有同感,以为房地产开发也好,新农村建设也好,如何守望传统的生活形态,守望我们共同的家园,是我们面临的一个良心课题。

秦观的"温井监新磨"诗句,形容汤泉的泉眼犹如新磨的镜面那般透彻,愿汤泉的未来也透彻如镜。

珍珠泉头坐不还

珍珠泉,位于浦口定山西南麓。据《江浦县志》记载:"浦口依山带江,为金陵辅地,故饶佳胜,惟珍珠泉最异。泉出城西山麓间,距城五、六里。澄泓一碧,可鉴毛发,波间累累若贯珠而出,土人称珍珠泉。"它之所以"最异",是因源头的泉水"累累若贯珠而出",逢游人击掌或高歌,便倍增倍疾,似迎客光临,堪称"喜客泉";又泉池广十余亩,远眺水星漫溅,"微茫历乱,顷刻不绝",似晴天细雨,故又称作"晴雨泉"。

清江宁府境图(局部)中定山 清版画

南朝时期，宋孝武帝携皇后妃子及朝官一行登定山，观珍珠泉。梁武帝笃信佛教，在定山下珍珠泉东侧敕建定山寺。相传高僧达摩"一苇渡江"后，先是在长芦寺歇脚，再到定山寺驻锡三年，留下达摩崖、面壁处、宴坐石、卓锡泉等遗迹，故定山寺引来众多香客，也使得珍珠泉初为人晓。明代大臣、江浦本地人庄昶曾在定山珍珠泉附近择地，修建定山草堂、半云亭、天峰阁、霁月溪等建筑，在此隐居了20余年，许多同僚好友前来造访，一起饮酒和诗。文徵明为其一，写有一首《谒庄先生留宿定山草堂》诗。

> 庄昶（1437-1499），字孔旸，号木斋，晚号活水翁，江浦（今南京浦口区）人。他是明成化的进士，初为庶吉士，后授翰林院检讨，因与同僚谏止明宪宗元宵大张灯火，遭廷杖，贬调南京行人司副。他于成化七年回原籍为父母守孝3年，后隐居于浦口定山20余年，闲赋诗书，授教弟子，被学生称作"定山先生"。他后来在应天巡抚苦劝下勉强出山，不久因患风疾再回定山，卒后入江浦县乡贤祠，天启初被追谥文节，著有《庄定山集》等。

谒庄先生留宿定山草堂

十亩青松四面山，草堂宛转乱流间。

若非清福安能到，百访高贤暂得闲。

竹圃珉云秋濯濯，水舂供枕夜潺潺。

就中何事独堪美，国事人非不可关。

庄昶在草堂创作的诗歌就更多了。其中有首《游定山和韵》，视珍珠泉源头为挚爱，每每盘桓在那里"坐不还"。

庄昶墓前诗碑拓片

游定山和韵

乾坤契合有吾山,公马来时便一攀。
老眼不随尘俗乱,此心元共白云闲。
石逢古色看何厌,大爱源头坐不还。
只我相留贫草屋,洞云溪月也三间。

明万历十八年(1590年),南京地区大旱,"田野尽赤,萧条枯槁",唯珍珠泉一带青山绿水,"麦秀芃芃",百姓竟不知有旱,于是,民间盛传"斯泉实龙所栖"之说。前来救灾的南京刑部给事徐桓等官员"捐俸若干",由浦口守御彭绍贤主事修建龙王祠祀,以为"斯泉能利人,独有能为斯泉报"。在彭绍贤主持下,一个以龙王阁为主体的依山傍水的园林诞生了,其中包括泉水源头山顶的媚泽亭,"水上筑石"的鱼乐轩、画舫斋、后乐亭,傍水的钓月矶、濯缨处、集翠台、振衣亭、偕乐亭、白云隈、飞香阶等,使之成为"江北第一游观之所"。彭绍贤不无得意地题写了《珍珠泉碑记》,还为各建筑小品题写诗词。这里选《题媚泽亭》《题濯缨处》,从中可一瞥当时珍珠泉之景观。

题媚泽亭

小亭开曲径,咫尺对清泉。
紫气看还重,珠光望更妍。
浮波时点点,出涧复涓涓。

江女应投佩,鲛人浪泣渊。
昏地原灿烂,合浦自匀园。
地脉占佳胜,天花落绮筵。
睛晖迎剑佩,瑞彩散云烟。
此地堪招隐,溪山最可怜。

题濯缨处

泉分石窦泻珠光,坐把矶边水荇香。
何处歌声最窈窕,临流那复美沧浪。

自珍珠泉成了"江北第一游观之所",名声大震。据《江浦县志》记载:"游览之侣相寻无虚日""远近游人络绎如织,绮罗弦管映辉山谷,而珠泉遂甲于江北矣。"众多咏叹珍珠泉的诗词因此也应运而生。这里选刊几首,供大家赏析。

珍珠泉

明·丁明登

盥手弄清泉,悠然见人影。
人如泉水清,泉比尘襟冷。

珠泉

明·丁遂

寻春闲过野人家,旋汲新泉旋煮茶。
坐对仙源心更逸,一声清磬夕阳斜。

珍珠泉

明·罗伦

驻马门前步石桥,临池顿觉旅魂消。
便于此地投双履,不枉中秋度一宵。
池涌温泉真可濯,天教明月不须邀。
归来仍赋沂滨咏,独有先生兴趣饶。

晚秋珍珠泉亭中小憩

明·刘庆远

清溪数曲响潺湲,兴容寻源得野泉。

文徵明 清人绘

文徵明(1470—1559),原名璧,字徵明,后改字徵仲,号衡山居士,长洲(今苏州)人。他年轻时奉父命来定山从庄昶游学,画《败荷鹡鸰图》,为其在南京的第一幅画。之后,他曾在27年间10次来南京参加应天乡试,皆名落孙山。他擅长山水画,又兼花卉、兰竹、人物等,与祝枝山、唐寅、徐桢卿并称"吴中四才子"。从其学画者众,形成"吴派"。他亦工诗,师法白居易、苏轼,著有《甫田集》。

涌地自成星影乱，倾盘不数夜珠圆。
僧来汲涧供茶献，人拟临池石枕眠。
四面青山秋气冷，濯缨安得久流连。

登定山珠泉
明·司马埋

一勺寒泉足洗心，石根痴坐几沉吟。
下通沧海原无底，寿自洪濛直到今。
宾从共知川上意，咏归聊寄舞雩音。
重来豫有他年约，莫道千山云雾深。

珍珠泉
清·丁选

珠玑万斛觏涓涓，书窗开向碧波边。
灵襟泼泼渊泉沏，藻思翩翩荇带妍。
啼猿唤鹤三更夜，附凤攀龙二月天。
好去束书游上苑，暂将岩壑付云烟。

今日珍珠泉

好景不长在。珍珠泉的美好景物在清末的兵燹中荡然无存,就连珍珠泉本身也湮没无闻。中华人民共和国成立后,人民重拾旧山河。1982年,珍珠泉在南京开展的文物大普查中浮出娇姿。1984年,南京市批准成立珍珠泉风景区。1994年,江苏省批准珍珠泉风景区为省级旅游度假区。珍珠泉的一个崭新时代就此拉开序幕。

后记
HOUJI

《金陵诗词游屐之旅》,是《南京旅游文化故事》丛书(4册)之四。前3册早已撰写完毕,也陆续出版发行,唯有此册我们不敢轻易动笔,迟至今日方勉为交稿。何以呢?

其实,有关金陵古诗词的书籍已有不少,仅我们掌握的就有《金陵百咏·金陵杂兴·金陵杂咏·金陵百咏(外一种)》(南京出版社)、《唐诗鉴赏辞典》(上海辞书出版社)、《金陵旅游词》(江苏人民出版社)、《诗人眼中的南京》(南京出版社)、《南京诗词》(上海古籍出版社)、《雨花诗韵》(南京出版社)、《南京历代经典诗词》(南京出版社)等。我和南师大黄震方教授主编的《美丽江宁》丛书(8册),其中也有一册《诗词文斌》。那么,我们的《金陵诗词游屐之旅》如何搞出新意来呢?

首先要谋好篇章。这让我有些难以定夺,恰好正忙着策展10月要举办的"中国旅行社南京回顾展",就请搭档季宁先拿出个意见来。季宁提出了以区划来分篇章的建议。他在给我的微信中云:"想来想去,查来查去,最后还是觉得区划概念适中,容易统筹。""考虑了一段时间,感觉很难找到更好的分类方法了。"他的理由是:其一,游客一看就知道相关诗词及景点的地理位置;其二,写到某景点时便于融合各时代诗人关于该景点的诗词,时空相结合,利于来龙去脉的展现。

季宁的这个方案,带有行政性色彩,多半会受到各区旅游部门的欢迎。对此,我不敢苟同。写书是为了什么?为了给读者阅读。一个旅行者到一个城市旅游,关心的不是这个城市有多少个行政区,而是有什么好山好水悦目,有什么文化遗存赏心。也就是说,写书首先要了解读者的心理,想读者之想,应读者之需。

为此,我给《金陵诗词游屐之旅》一书拟订了"城之歌""山之颂""水之吟"3个篇章。这样的谋篇布局,其实也是有许多问题的。季宁在与我讨论中就提出:"有的诗写山又写水,没准还写城墙,那咋编排好呢?""唐诗'南朝四百八十寺',这样的名句适合放在哪个篇章里呢?"诸如此类,均需好好地琢磨一番。

全书定好了框架,如何写好范文引领全篇,就显得尤为重要。翻阅类似的作品,每篇文章的写作通常是三段式:诗词本身、诗词注释及简析,有的还会加一段诗人小传。

这样的写法简单易行，对读者也可有一个交代。不过，我们不想这么做，而是要力求突破这么个套路。这虽说是自己给自己出难题，但值得尝试。我们既然已将书名定为"诗词游屐之旅"，那就围绕这样一个定位来做功课吧。

在我的想象中，读者揣着《金陵诗词游屐之旅》口袋书，沿着古代诗人的印迹游山玩水。他们来到南京，惊叹"江南佳丽地，金陵帝王州"；登上钟山，可敞开胸怀高诵李白的"钟山龙盘走势来"；乘坐画舫，在桨声灯影中低吟杜牧的"夜泊秦淮近酒家"。如此这般，会让我们的"阅读分享"变得多么美好！如能达到这样的效果，再辛苦的耕耘也都值了。

经过半年多的努力，现在总算可以交付作业了，尽管对自己的功课不甚满意，但已经尽了心、尽了力。出版社张丽萍老师对书稿给予了肯定，只是以为口袋书的容量有限，印刷的字体也小了些，如能出一本大的书就更好了。我很感谢她的鼓励以及此书编辑的辛勤付出。写作的参考文献除了手头的诗词书籍外，还有《南京百科全书》（江苏人民出版社）、《南京历代风华》(南京出版社)、《南京地名源》（江苏科技出版社）、《金陵胜迹大全》(南京出版社)、《高淳县志》(江苏古籍出版社)、《江北第一游观之所》(方志出版社)、《沧海桑田话浦口》(南京大学出版社)、《南京语文故事》(江苏人民出版社)、《南京历代名园》(南京出版社)等书籍。

  自此,我和季宁受南京市旅游委、旅游学会委托撰写的《南京旅游文化故事》丛书业已全部完成。两年前,我和金卫东谋划这套丛书时,他尚在市旅游委,而今已是文化和旅游局担当了。想到那时候我们就已将文化与旅游牵手在一起,似乎早有预谋,其实是心随所愿。

  再回到《金陵诗词游展之旅》中来,让我们追随着古代诗人的游展,去感受南京的山山水水,品味金陵的历史文化,体会诗人的诗作魅力。

邢定康于石头城109号南京旅游学会
2019.4.7

南京市文化和旅游局 南京旅游学会
《南京旅游文化故事》丛书编委会
主　　任：金卫东　黄震方
编　　委：徐莉莉　夏　军　王庆华　邢定康
　　　　　李　青　张　贤　侯国林　季　宁
著　　者：邢定康　季　宁